Franziska Gehm

Dem Mammut auf der Spur

Ein Abenteuer aus der Eiszeit

dtv junior Tigerauge

Schau mit dem Auge des Tigers!

Sei wachsam und mutig, denn auf Dich warten große Abenteuer. Tauch ein in die Welt der Ritter! Du bist dabei, wenn Mammuts gejagt werden! Du erlebst, wie ein Schatz aus der Tiefe des Meeres gehoben wird! Sei neugierig auf die Welt und entdecke ihre Geheimnisse in spannenden Geschichten. Willst Du noch mehr erfahren? Dann schau genau hin: In den vielen Bildern steckt eine Menge Wissen zu Deinen Lieblingsthemen. dtv junior Tigerauge – das sind Bücher für Kinder mit Durchblick.

© privat

Franziska Gehm wurde 1974 in Sondershausen geboren. Nach ihrem Studium in Deutschland, England und Irland arbeitete sie bei einem Wiener Radiosender, an einem Gymnasium in Dänemark und bei einem Kinderbuchverlag. Heute lebt sie als Autorin und Übersetzerin mit ihrer Familie in München. Sie hat mittlerweile zahlreiche Kinder- und Jugendbücher veröffentlicht, die in viele Sprachen übersetzt wurden.

© privat

Heribert Schulmeyer, geboren 1954, studierte an der ehemaligen Kölner Werkschule im Fachbereich Illustration und Freie Grafik und lebt heute als Buchillustrator und freier Zeichner in Köln.

Franziska Gehm

Dem Mammut auf der Spur

Ein Abenteuer aus der Eiszeit

Mit Illustrationen
von Heribert Schulmeyer

Deutscher Taschenbuch Verlag

Zu diesem Band gibt es ein Unterrichtsmodell unter
www.dtv.de/lehrer zum kostenlosen Download.

Das gesamte lieferbare Programm von dtv junior
und viele andere Informationen finden sich unter
www.dtvjunior.de

Originalausgabe
2. Auflage März 2010

Umschlagkonzept: Ralph Bittner
Umschlagbild: Heribert Schulmeyer
Lektorat: Tanja Poestges
Herstellung: Stephanie Lütje
Gesetzt aus der Caslon 12,5/16
Satz: Greiner & Reichel, Köln
Druck und Bindung: Druckerei C. H. Beck, Nördlingen
Gedruckt auf säurefreiem, chlorfrei gebleichtem Papier
Printed in Germany · ISBN 978-3-423-07713-2

Inhalt

Ein dämonisches Jaulen

Es ist ein sonniger Frühlingstag vor ungefähr 40 000 Jahren. Luchsohr und sein Freund Pfotenherz sind die Ersten der Horde, die auf den Beinen sind. Vor der Höhle im Silberwurztal kriecht die Sonne gerade über den Horizont und schickt die ersten Strahlen über die Ebene. Für Luchsohr ist es ein perfekter Frühlingstag. Noch. Der Boden ist gefroren und es sind knapp über null Grad. Luchsohr hat eine warme Bärenfellhose und dicke Lederschuhe an.

Ganz langsam und leise, wie zwei Raubkatzen, schleichen Luchsohr und Pfotenherz durch die hohen Gräser der Ebene. Sie müssen vorsichtig sein. Sonst enden sie als Frühstück von einem Höhlenlöwen.

Luchsohr blickt in die Ferne, wo sich eine gewaltige, unendliche weiße Fläche ausbreitet. Das Eis. Der Schamane nennt es »die weißen Berge« und erzählt schauerliche Geschichten darüber: Tagsüber flüchten die Geister der getöteten Tiere dorthin und treiben jeden, der sich in die weißen Berge wagt, in die Irre. Nur nachts, nachdem die Geister die Sonne unter den Horizont gezogen haben, wagen sie sich von den weißen Bergen hinab.

Luchsohr hat sonst nie Angst – na gut, bei einem Säbelzahntiger vielleicht schon ein ganz kleines bisschen –, aber mit diesen Geistern will er sich auf keinen Fall anlegen.

»Pst!«, macht Pfotenherz plötzlich. »Das Gebüsch da vorne wackelt!«

Wie zu Eis erstarrt bleiben die Jungen stehen, dann lassen sie sich ganz langsam auf den Erdboden nieder und behalten den Busch fest im Blick. Mucksmäuschenstill liegen sie auf der Lauer. Luchsohr spürt ein Zwicken im Bauch. Das kennt er schon. Und er mag es gar nicht, wenn es zwickt. Denn das Zwicken bedeutet Gefahr.

»Da! Es wackelt schon wieder!«, flüstert Luchsohr. Plötzlich kommt ein furchtbares Geräusch aus dem Busch. Luchsohr und Pfotenherz zucken zusammen.

»Oh nein, ein Wolf!«, flüstert Pfotenherz.

Pfotenherz liebt Tiere, aber mit Tiergeräuschen kennt er sich nicht so gut aus.

Luchsohr dafür schon. Er hat die besten Ohren der ganzen Horde. Luchsohr schüttelt den Kopf. »Das ist kein Wolf.«

Pfotenherz sieht Luchsohr mit großen Augen an. »Was dann?«

Luchsohr lauscht abermals. Plötzlich erklingt wieder der fürchterliche Schrei. Auf Luchsohrs Armen breitet sich Gänsehaut aus. So einen Laut hat er noch nie gehört. Er zögert. Schließlich flüstert er seinem Freund zu: »Ich weiß nicht, was das ist.«

»Aber …«, beginnt Pfotenherz und bekommt eine schneeweiße Nasenspitze, »du erkennst doch sonst jedes Tier an seinem Laut.«

Luchsohr nickt. Das stimmt, aber dieses Tier – oder was auch immer dort drüben im Gebüsch sitzt – kennt Luchsohr nicht. Vielleicht hat es sich von den weißen Bergen in die Ebene verirrt? Vielleicht kommt es direkt aus dem Inneren der Erde? Eins ist sicher: Das Tier hört sich nicht gerade freundlich an.

»Meinst du, es hat Hunger?«, flüstert Pfotenherz und zieht die Augenbrauen zusammen.

Luchsohr kratzt sich hinterm Ohr. Dann nickt er ganz langsam. Das Zwicken in seinem Bauch wird immer schlimmer. Aber sie müssen etwas tun. Einfach weglaufen wie Fellhosenscheißer geht nicht. Ganz langsam zieht Luchsohr seine Steinschleuder aus dem Gürtel. Er will das unheimliche Tier aus dem Busch treiben, damit er es sehen kann. »Halt du

Wie sah die Eiszeit-Landschaft aus?

Dort, wo kein Schnee und Eis lagen, war der Boden das ganze Jahr über gefroren (»Permafrost«). Selbst im Sommer taute nur die oberste Schicht auf. Bäume, deren Wurzeln tief in den Boden reichen müssen, konnten dort nicht wachsen. So eine Landschaft nennt man Tundra. Für die Steinzeitmenschen hatte die Tundra den Vorteil, dass dort jede Menge Gras wächst. Und das bedeutet, dass die Beutetiere immer reichlich Futter hatten. Im Laufe der Eiszeit gab es mehrere Kaltzeiten. Genaugenommen leben wir auch heute noch im Eiszeitalter, aber in einer

Warmzeit. In der letzten Kaltzeit, vor etwa 25 000 bis 20 000 Jahren, begann das Steinzeitalter. Im Durchschnitt war die Temperatur damals etwa 5 bis 6°C niedriger als heute. Im Sommer herrschte mildes Schönwetter, die Wintertage waren sonnig, frostig, kaum windig und es gab nur wenig Niederschlag. Das Eis breitete sich vom Nordpol und aus Richtung der Alpen über weite Teile des heutigen Europas aus. An manchen Stellen war die Eisschicht bis zu drei Kilometer dick, das ist so hoch wie der höchste Berg Deutschlands, die Zugspitze!

den Speer bereit, falls es uns angreifen will«, flüstert Luchsohr seinem Freund zu. Dann legt er ein Steingeschoss in die Sehnenausbuchtung der Steinschleuder. Er spannt die Schleuder – zielt – und schießt!

Der Stein segelt durch die Luft. Die Jungen folgen seinem Bogen mit offenen Mündern.

Mit einem dumpfen Schlag landet der Stein einen guten Meter neben dem Gebüsch auf dem Boden.

»Daneben«, stellt Pfotenherz fest.

»Mammutmist!«, schimpft Luchsohr leise vor sich hin. Schon wieder nicht getroffen. Bei jedem Streifzug und jeder Jagd schießt er daneben. Fast immer. Dabei gibt er sich solche Mühe, alles richtig zu machen. Trotzdem trifft er so gut wie nie. Haben wirklich die bösen Geister der getöteten Tiere ihre Finger im Spiel? Das meint zumindest Papu, der Luchsohrs Vater und der Hordenführer ist.

Oder gibt es einen anderen Grund, warum Luchsohr so oft danebenschießt? Luchsohr hat eine schreckliche Vorahnung. Aber davon kann er auf keinen Fall den anderen in der Horde erzählen. Noch nicht mal seinem besten Freund Pfotenherz. Vor allem nicht nach dem schrecklichen Unglück auf der Großjagd, bei dem Pfotenherz' Papa starb. Daran will Luchsohr lieber gar nicht mehr denken.

»Lass mich mal!«, sagt Pfotenherz und nimmt Luchsohrs Steinschleuder. Pfotenherz setzt die Steinschleuder an. Dann kneift er ein Auge zu und streckt vor Anstrengung die Zunge raus. Er spannt die Schleuder – zielt – schießt – und … trifft mitten ins Gebüsch!

Der Stein saust durch die Blätter, ein dämonisches Jaulen ertönt und plötzlich hetzt etwas aus dem Busch. Luchsohr und Pfotenherz erkennen gerade noch zwei Tigerohren, springen schreiend auf, drehen sich um und rennen um ihr Leben. Sie rasen über die Steppe. Die Gräser peitschen ihnen um die Beine. Doch auf einmal hören sie ein hämisches Lachen hinter sich. Schlagartig bleiben sie stehen und drehen sich um.

Neben dem Busch steht kein unheimliches Tier, sondern Tigerzahn! Er ist wie Luchsohr zehn Sommer alt. Und genau wie Luchsohr soll er bald in die Reihen der Jäger aufgenommen werden. Aber das sind auch die einzigen Gemeinsamkeiten.

Tigerzahn hat eine Tigermütze auf und krümmt sich vor Lachen. »Ihr seid solche Fellhosenscheißer!«, ruft er. Dann verstellt er seine Stimme wie ein Mädchen, tippelt auf der Stelle und flötet in einem Singsang: »Hilfe! Papu! Mamu! Rettet mich! Der böse böse Tigerzahn will mich fressen!« Er faucht wie ein echter Tiger und lacht.

»Du bist so blöd wie ein Mammut groß«, ruft Luchsohr. Seine Wangen schimmern rot vor Wut.

»Das musst du Zitterlemming gerade sagen! Du bist sogar zu blöd, einen Busch zu treffen. Und du willst in die Reihen der Jäger aufgenommen werden? Niemals!«, ruft Tigerzahn und lacht. »*Ich* werde der große Jäger der Horde werden. Und du, Luchsohr, darfst vielleicht meine Speerspitzen schärfen.«

Luchsohr sieht entsetzt, wie Tigerzahn bei diesen Worten seinen Speer in die Luft schleudert. Direkt auf sie zu! Es bleibt keine Zeit mehr, zur Seite zu springen. Der Speer fliegt haarscharf zwischen Pfotenherz und Luchsohr hindurch. So knapp, dass Luchsohr den Lufthauch an der Wange spürt. Die beiden Freunde stehen vor Schreck stocksteif wie zwei Eiszapfen da, während Tigerzahn lachend an ihnen vorbeiläuft und seinen Speer aufhebt. »Na, ihr Schneegesichter, hat es euch die Sprache verschlagen?«, ruft er und führt einen wilden Tanz auf.

Luchsohr hat den Blick fest auf Tigerzahn gerichtet und sagt: »Ich werde in die Reihen der Jäger aufgenommen werden. Und …«, Luchsohr ballt die

Wie Kinder in der Eiszeit lebten

In der Steinzeit wuchsen Kinder natürlich ganz anders auf als heute. Zum Beispiel gab es noch keine Schulen. Was sie wissen mussten, schauten sich die Kinder von den älteren Mitgliedern der Horde ab. So lernten sie, Spuren zu lesen, Tiergeräusche zu unterscheiden und mit den Jagdwaffen und Werkzeugen umzugehen. Außerdem zeigten die Älteren ihnen, wie man sich in einer unbekannten Umgebung orientiert, und natürlich auch, welche Beeren, Kräuter und Wurzeln essbar sind. Viel Zeit zum Spielen blieb ihnen nicht, denn bereits mit zehn Jahren mussten sie alles so können wie die Großen. Übrigens: Eiszeitmenschen waren noch deutlich kleiner als die Menschen heute. Sie wurden im Schnitt nur 1,30 m groß, also in etwa so groß wie ein zehnjähriges Kind heute. Das Durchschnittsalter in einer Horde betrug 18 Jahre. Manche Kinder bekamen schon mit 15 oder 16 Jahren eigene Kinder.

Hände zu Fäusten zusammen, »… ich werde das größte Tier von allen erlegen!« Als Luchsohr sich das sagen hört, erschrickt er selbst: Wie kommt er denn auf die Idee?

Tigerzahn vergisst für einen Moment seinen Tanz und hält inne, bevor er loskräht: »Du, der größte Zitterlemming, willst das größte Tier erlegen? Du hast wohl zu viel Sonne abbekommen!« Dann rennt er lachend zurück zur Höhle.

Am liebsten wäre Luchsohr Tigerzahn hinterhergerannt und hätte ihm eins auf seine alberne Mütze gegeben – das wäre vermutlich genau das Richtige für so einen Fiesling. Aber Pfotenherz hält seinen Freund am Arm fest.

»Lass den Plumpskopf doch«, sagt Pfotenherz.

Stimmt, denkt Luchsohr. Wenn, dann muss er Tigerzahn anders schlagen. Luchsohr fällt die Aufnahmeprüfung ein. Die müssen Luchsohr und Tigerzahn erst bestehen, bevor sie in die Reihen der Jäger aufgenommen werden. Sie müssen jeweils allein eine Jagd anführen. Papu und die anderen Jäger helfen, aber die entscheidenden Schüsse auf die Beute müssen die Prüflinge abgeben. Schon allein bei dem Gedanken zwickt es wieder in Luchsohrs Bauch. Wie soll er ein lebendes Tier treffen, wenn er noch nicht mal einen Busch trifft? Und wieso musste er vor Tigerzahn so angeben und behaupten, dass er das größte Tier von allen erlegt? Die gefährlichste und schwierigste Beute überhaupt! Bis jetzt hat noch niemand in der Horde so ein Tier getötet. Ein Mammut.

»Hast du das eben mit dem größten Tier ernst gemeint?«, fragt Pfotenherz.

Luchsohr kratzt sich am Kopf. »Hm. Ich weiß zwar noch nicht wie, aber ich werde es Tigerzahn zeigen!«

»Ich helfe dir«, sagt Pfotenherz entschlossen. »Vielleicht«, fügt er zögernd hinzu, »kann man ein Mammut ja auch an Menschen gewöhnen?«

Als Luchsohr sich vorstellt, dass Pfotenherz ein Mammut an einer Leine herumführt, muss er grinsen. Das hat Pfotenherz nämlich schon mit Lemmingen, Rehen, Schneeeulen und Eisfüchsen versucht. Aber die sind alle wieder abgehauen.

Luchsohr blickt zur Sonne. »Was? Schon so spät?«, sagt er auf einmal und fasst seinen Freund am Arm. »Komm, wir müssen zurück zur Höhle! Die Jäger brechen gleich auf und ich will Sternauge doch Auf Wiedersehen sagen.«

Werkzeuge und Jagdwaffen in der Steinzeit

Die Steinzeit heißt so, da die Menschen ihe Waffen und Werkzeuge hauptsächlich aus Stein herstellten: Metalle kannten sie noch nicht.

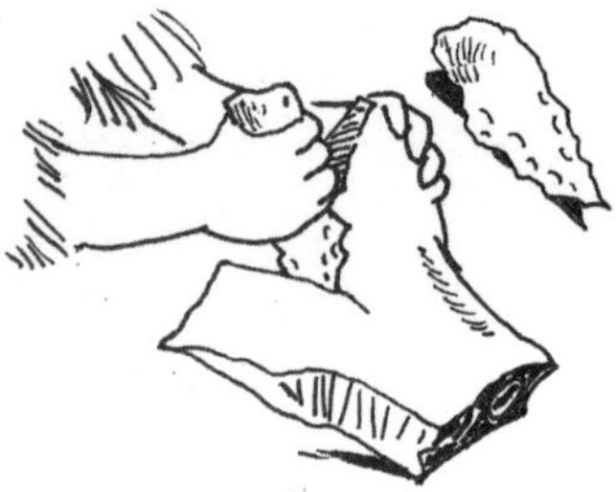

Das vielseitigste Werkzeug war der Faustkeil. Mit seiner scharfen Kante ließ sich sogar Fleisch zerteilen.

Eine Axt erhielt zusätzlich noch einen Schaft, der mit Sehnen und Birkenpech an der Steinklinge befestigt wurde. Richtig stabil wurde die Axt, wenn man vorher ein Loch in den Stein bohrte.

Die wichtigste Jagdwaffe war der Speer oder Wurfspieß, dessen Spitze über dem Feuer gehärtet wurde. Mit der Speerschleuder konnten die Jäger ihre Speere noch weiter werfen und mehr Wucht erzeugen.

Aufbruch ins Ungewisse

Vor der Höhle ist schon jede Menge los. Die Jäger rollen Felle zusammen und überprüfen ein letztes Mal ihre Waffen. Sie nehmen Lanzen und Speere mit und sogar eine Speerschleuder, mit der man besonders weit werfen kann. Zum Zerlegen der Beute packen sie Faustkeile, Steinklingen und Harpunenspitzen ein.

Während Pfotenherz in der Höhle verschwindet, sucht Luchsohr seine Schwester unter den Jägern. Wo steckt sie nur? Er muss sie unbedingt sehen, denn er möchte ihr noch etwas geben. Gerade als er in der Höhle nach ihr suchen will, kommt ihm Mamu am Höhleneingang entgegen.

»Ah! Hier bist du. Komm, füll mal die Trinkblase mit Schnee auf, damit die Jäger etwas zu Trinken haben«, sagt sie und drückt Luchsohr eine Tierblase in die Hand.

Luchsohr hat gar keine Lust dazu. Aber er sagt lieber nichts, denn Mamu mag es nicht, wenn man ihr widerspricht. Genau wie Papu.

Widerwillig stapft Luchsohr auf dem kleinen Pfad neben der Höhle bis in die Senke zwischen den Felsen. Dort ist im Schatten eine Schneeschicht liegen geblieben. Er füllt den Schnee in die Blase und kehrt so schnell wie möglich zur Höhle zurück.

Vor der Höhle hat sich ein Kreis gebildet. Die Jäger besprechen die Jagd. Luchsohr zwängt sich schnell zwischen zwei Jägern in den Kreis.

»Wo, sagtest du, hast du die Fährten gesehen?«, fragt Papu gerade.

Sternauge deutet zum Bach im Silberwurztal, das sich unterhalb der Höhle ausbreitet. »Sie führen vom Bach weg hin zu den weißen Bergen. Es muss eine riesige Wisenthorde gewesen sein. Wenn wir sie einholen, haben wir genug zu essen für mehrere Monde.«

Als Luchsohr das hört, muss er an all das leckere, saftige Fleisch denken. Sein Magen knurrt. Ganz laut.

Der Jäger neben ihm dreht sich zu ihm um und zwinkert ihm zu.

»Ihr werdet sicher ein bis zwei Tage unterwegs sein. Nehmt Proviant und Felle mit«, sagt Papu.

»Kommst du denn nicht mit?«, fragt Sternauge und sieht Papu mit großen Augen an.

Papu schüttelt den Kopf. Ein paar seiner langen, zotteligen Haare lösen sich dabei aus seinem Zopf. Er lässt den Blick über die Runde der Jäger schweifen. »Ihr seid erfahren genug. Ich bleibe bei der Horde.«

Unter den Jägern breitet sich Unruhe aus. Bis jetzt war Papu, der Hordenführer, bei jeder großen Jagd mit dabei gewesen.

»Wieso willst du nicht mit uns kommen?«, fragt einer der Jäger.

Papu zupft sich am Bart. »Ich … kümmere mich um die zukünftigen Jäger«, sagt er, sieht kurz zu Luchsohr und dann zum Höhleneingang. »Und um unsere Behausung.«

Luchsohr sieht, dass Mamu am Höhleneingang steht. Sie hat die Hände in die breiten Hüften gestemmt und nickt Papu zu.

»Und überhaupt – was soll das Gejammere?«, donnert Papu auf einmal los. »Wenn ich sage, ihr geht ohne mich, dann geht ihr ohne mich. Schluss, aus.«

Die Jäger nicken schnell. »Ja, Häuptling«, murmelt der Jäger neben Luchsohr. Dann löst sich der Kreis auf. Luchsohr geht zu Sternauge. Sie ist die beste Fährtenleserin der Horde. Und sie ist Luchsohrs Lieblingsschwester. Sie ist vier Sommer älter als Luchsohr.

»Luchsohr!«, ruft Sternauge, als sie ihren Bruder sieht. »Bittest du die Götter, dass wir auf unserer Jagd viele dicke Wisente erlegen?«

Luchsohr nickt. »Und dass sie auf dich aufpassen.«

Sternauge streicht Luchsohr über die halblangen braunen Haare. »Du musst keine Angst haben um mich.«

»Weiß ich doch. Aber trotzdem.« Luchsohr sucht etwas an seinem Gürtel. »Ich hab etwas für dich.«

Sternauge zieht die Augenbrauen nach oben. »Etwa die Trinkblase da?«, fragt sie und deutet auf das Gefäß in Luchsohrs linker Hand.

»Die ist für alle Jäger. Aber das hier«, sagt Luchsohr und zieht etwas aus seinem Gürtel, »das ist nur für dich.« Luchsohr blickt kurz zu Boden. »Also, wenn es dir gefällt.«

»Eine Kette!«, ruft Sternauge. Sie nimmt die Kette in die Hand. Der Anhänger ist aus Knochen und sieht aus wie ein Stern. Das Band ist aus einer Tiersehne. Sternauge legt die Kette um und verknotet sie.

»Also gefällt sie dir?«, fragt Luchsohr.

»Na klar! Und wie!« Sternauge umarmt ihren Bruder. »Damit wird mir ganz sicher nichts passieren. Und wenn wir wieder zurück sind, feiern wir ein Fest und ich tanze mit dir.«

Luchsohr nickt. Er tanzt für sein Leben gerne mit seiner Schwester.

Doch jetzt müssen die Jäger wirklich aufbrechen.

Sie versammeln sich mit ihren Waffen und Gepäck vor der Höhle.

Paponk Rotnase, einer der Ältesten der Horde und Papus Bruder, hat Heilkräuter gesammelt. »Ob Magenschmerzen, Zahnschmerzen oder zerquetschte Gliedmaßen – meine Kräuter helfen immer«, verkündet er und verteilt kleine Säckchen an die Jäger.

Plötzlich wird es auf dem Platz vor der Höhle still. Eine hagere, dunkle Gestalt klettert von einem Felsen oberhalb der Höhle. Sie stützt sich auf einen langen Knochenstock, der mit Federn geschmückt ist. Es ist Schamane Feuerblick. Seine Arme sind mit geheimnisvollen Zeichen bemalt. Um seinen Hals hängen mehrere Ketten aus Knochen, Steinen, Zähnen und Muscheln, die bei jedem Schritt klappern. In dem dunklen, ledernen Gesicht, das zur Hälfte von einem dichten grauen Bart bedeckt ist, leuchten die Augen des Schamanen wie Feuerfunken.

Der Schamane tritt an die Jäger heran. In der rechten Hand hält er ein Geweih. Er schwenkt das Geweih über die Jäger und murmelt Beschwörungsworte: »Götter mit den goldenen Augen, lasst die Jagd erfolgreich sein! Lasst unsere Jäger gesund und mit reichlich Beute zurückkehren! Götter mit den goldenen Augen, beschützt unsere Jäger vor den bösen Geistern der getöteten Tiere. Auf dass sie sich nicht in die Irre führen lassen, nicht von den weißen Bergen verlocken lassen, keinem wilden Tier zum Opfer fallen.«

Dazu stampft der Schamane mit seinem Knochenstab auf den Boden. Er sieht jedem einzelnen Jäger ins Gesicht. Die Jäger sind wie gefangen von seinem Blick und stehen vollkommen reglos da.

Luchsohr wagt es kaum zu atmen. Der Schamane ist zwar ein weiser und mächtiger Mann, aber er ist auch furchtbar unheimlich. Luchsohr hat immer das Gefühl, er könnte mit seinem Feuerblick direkt in seinen Kopf sehen und alle Gedanken lesen.

Der Schamane hebt noch einmal das Geweih und lässt es über die Jäger kreisen. Dann nickt er Papu zu und zieht sich wieder zurück. Papu gibt daraufhin das Zeichen zum Aufbruch. Sternauge winkt Luchsohr ein letztes Mal zu. Kurz darauf klettern die Jäger hinab zum Silberwurztal. Luchsohr würde ihnen am liebsten hinterhersehen, bis sie am Horizont verschwinden, aber es gibt viel zu tun. Schließlich gehört er seit ein paar Sommern nicht mehr zu den Kindern, die ums Feuer herumtollen und spielen. Er ist schon groß.

Wie wohnten die Steinzeitmenschen?

Die Menschen in der Steinzeit waren Nomaden, sie hatten keinen festen Wohnsitz. Weil sie sich ausschließlich von dem ernährten, was sie in der Natur finden konnten, mussten sie den Tieren folgen, um nicht zu verhungern. Die praktischste Behausung war daher die Höhle. Sie bot Schutz vor Wind, Regen und Kälte. Damit die Menschen nicht auf dem kalten, harten Steinboden schlafen mussten, schichteten sie getrocknetes Gras zu einer wärmenden Unterlage auf. Sie schliefen dicht aneinandergekuschelt, um sich gegenseitig warmzuhalten. Eine Höhle zu finden war jedoch nicht so einfach. Oft wohnte darin schon ein Höhlenlöwe, der erst vertrieben werden musste. In Gegenden, wo es keine Höhlen gab, bauten die Menschen Zelte und einfache Hütten, zum Beispiel aus Mammut-Stoßzähnen und Tierhäuten.

»Luchsohr! Guck mal, wo Klecksfinger steckt!«, ruft da auch schon Mamu.

Luchsohr seufzt leise, dann wendet er sich zur Höhle. Seinen kleinen Bruder zu suchen ist immerhin tausendmal besser als Fellhaare abschaben. Und auch viel einfacher. Luchsohr nimmt sich ein kleines Steingefäß mit Tierfett und zündet den Docht aus Schilfrohr am Feuer an. Damit geht er in die Höhle.

Im großen Höhlenraum, wo sich die ganze Horde nachts aneinanderkuschelt, damit es schön warm wird, bessern zwei Mädchen die Schlafplätze aus Gräsern aus. Luchsohr geht weiter in den rechten

Höhlenarm. Ganz hinten, wo durch ein Loch in der Decke etwas Licht auf die Wände fällt, entdeckt er seinen Bruder. Klecksfinger steht auf Zehenspitzen auf einem Stein und streckt einen Arm nach oben.

Luchsohr stellt sich neben seinen Bruder und betrachtet die Wand.

»Guck! Ein Mammut«, sagt Klecksfinger und zeigt auf einen Kreis mit vier Strichen und zwei großen Haken, den er an die Wand gemalt hat. »Und das da ist Mamu«, sagt er und zeigt auf ein Strichmännchen mit einem dicken Bauch und wild abstehenden Haaren.

»Lass das bloß nicht Papu sehen, der wird stinksauer.«

»Wieso?«

»Du weißt doch, wie stolz er ist, dass er diese Höhle gefunden hat und wir nicht erst eine Hütte aus Knochen und Fellen bauen mussten. Und du weißt auch, dass er immer alles sauber und ordentlich haben möchte und Schmierereien an den Wänden gar nicht leiden kann.«

Klecksfinger nickt ernst.

»Komm, Mamu sucht dich.« Luchsohr nimmt Klecksfinger an der Hand.

Als Luchsohr mit Klecksfinger aus der Höhle tritt,

steht Tigerzahn plötzlich breitbeinig vor ihnen. »Na, Zitterlemming«, zischt er durch die Zähne. »Warum wirst du nicht Kindermädchen statt Jäger? Das steht dir viel besser.« Dann lacht er und geht an ihnen vorbei.

»Ich brauche kein Kindermädchen!«, beschwert sich Klecksfinger. »Stimmt's?« Er sieht seinen Bruder fragend an.

»Nein. Und ich bin kein Zitterlemming«, sagt Luchsohr. »Das wird Tigerzahn schon noch sehen.«

Magere Beute

Am nächsten Morgen wacht Luchsohr früh auf. Er hat schlecht geschlafen. Ohne Sternauge und die anderen Jäger fühlt sich die Höhle leer an. Leise steht er auf und geht hinaus. Draußen vor der Höhle bewacht Paponk Rotnase das Feuer.

»Na, du siehst ja so zerknittert aus wie ein Nashornhintern. Schlecht geschlafen, was?«, sagt Paponk Rotnase.

Luchsohr gähnt und nickt. »Erzählst du eine Geschichte?«

»Von unseren Vorfahren?«, fragt Rotnase. Luchsohr nickt abermals. »Die kennst du doch schon alle!«

»Aber die sind immer wieder gut.« Luchsohr setzt sich neben das Feuer und hält die Hände nah an die Flammen. »War es damals wirklich so richtig warm?«

»Ja, so warm, dass die Menschen keine Fellhosen brauchten. Sie konnten nackt umherstreifen und auf Bäume klettern.«

»Splitternackt?«

»Na ja, vielleicht hatten sie noch ein bisschen mehr

Haare. Auf jeden Fall wuchsen damals viele hohe Bäume, denn der Boden war nicht gefroren wie jetzt. Die Bäume konnten ihre Wurzeln tief ausstrecken. Und an manchen Bäumen wuchsen süße Früchte. Hm!« Paponk Rotnase schnalzt mit der Zunge. »Aber dafür hatten die Menschen damals noch nicht so tolle Waffen und Werkzeuge wie wir. Sie haben die Tiere nicht selbst gejagt, sondern nur die Reste gegessen, die andere Raubtiere übrig ließen.«

Luchsohr verzieht das Gesicht.

Plötzlich tritt Mamu mit einem Säugling auf dem Arm aus der Höhle. »Das sind doch die reinsten Flunkergeschichten!«

»Wer flunkert hier? Ich? So was kann ich gar nicht«, ruft Paponk Rotnase entrüstet. Der Säugling macht vor Schreck ein Bäuerchen.

»Na, hör mal! Menschen, die nackt auf Bäumen rumklettern! Wer soll das denn glauben?« Mamu schüttelt den Kopf.

In der Höhle erwacht Leben. Immer mehr Hordenmitglieder treten verschlafen aus dem Eingang, reiben sich die Augen und strecken sich. Doch viel Zeit zum Munterwerden lässt ihnen Mamu nicht. Sie klatscht in die Hände. »Los, ab zum Bach und frisch gemacht!«

Nachdem sich alle gewaschen haben, gibt es Frühstück. »Schon wieder Wildkörner?«, brummt Papu und verzieht das Gesicht.

Mamu wirft ihm einen ihrer gefürchteten finsteren Blicke zu. »Wir haben nun mal nichts anderes. Ich kann aus Wildkörnern kein Hirschbein machen.«

»Hm, Hirschbein!«, murmelt Pfotenherz versonnen.

»Gleich nach dem Frühstück gehe ich mit den Mädchen Wildgemüse, Wurzeln und Pilze suchen. Und du«, Mamu zeigt mit einem Stock auf Papu, »könntest zur Abwechslung mal was von der Jagd mitbringen.«

»Mach ich auch«, sagt Papu mit tiefer Stimme. »Dieses Mal nehme ich Luchsohr und Tigerzahn mit auf die Jagd. Eure Prüfung steht bald bevor und ihr müsst noch viel lernen.«

Tigerzahn grinst höhnisch und sagt leise: »Luchsohr vielleicht, ich nicht.«

Luchsohr streckt Tigerzahn die Zunge heraus.

»Und was ist mit mir?«, fragt Pfotenherz.

»Du hilfst Rotnase. Wir brauchen neue Waffen und Werkzeuge«, sagt Papu.

Pfotenherz nickt. Er sitzt gerne mit Rotnase am Feuer und lauscht seinen Geschichten.

Nach dem Frühstück brechen Papu, Luchsohr und Tigerzahn auf. Sie steigen ins Silberwurztal hinab und laufen leise hintereinander durch das hohe Gras. Vor einem großen Stein bleibt Papu stehen. »Dort drüben in der Senke grasen ab und zu Rentiere. Wenn wir Glück haben, sehen wir heute welche.«

»Und dann – zack! – haben wir was zum Mittagessen«, sagt Tigerzahn und fuchtelt mit seiner Steinklinge in der Luft herum.

»Mit so einer Klinge erlegst du nie ein Rentier«, sagt Papu. »Wenn die Tiere ungefähr so weit wie der Busch dort entfernt sind, nehmt ihr den Wurfspeer. Und wenn sie so weit weg sind wie der Felsen dort hinten, nehmt ihr die Speerschleuder zu Hilfe.« Papu zeigt den Jungen den Speer und die Speerschleuder. »Erst beim Nahkampf braucht ihr die Lanze.«

»Und das Messer«, wirft Tigerzahn ein.

Papu nickt.

Luchsohr weiß genau, wie man einen Speer, eine Speerschleuder und eine Lanze benutzt. Das hat er schon x-mal geübt. Aber das will Papu jetzt bestimmt nicht hören.

»Also los. Wir pirschen uns an die Senke heran«, sagt Papu. »Dann wollen wir mal sehen, ob aus euch echte Jäger werden.«

Papu läuft gebückt und flink durch die Gräser. Die Jungen folgen ihm leise. Plötzlich gibt Papu mit der Hand das Zeichen zum Stehenbleiben. Vorsichtig knien sie sich hin und lassen die Senke dabei nicht aus den Augen.

Luchsohr kneift die Augen zu Schlitzen zusammen. Doch alles, was er sieht, sind Gräser. Er kann keine Rentiere in der Senke erkennen.

»Dort«, sagt Papu leise und zeigt mit dem Finger auf den Rand der Senke. »Seht ihr die Schneegänse?«

Tigerzahn nickt sofort. Luchsohr zieht die Augenbrauen zusammen. Jetzt erkennt er die Schneegänse auch. Auf dem Gras sehen sie aus wie Schneetupfer.

»Luchsohr, versuche du es zuerst«, flüstert Papu.

Luchsohr schätzt kurz die Entfernung, dann nimmt er seinen Speer und richtet sich leicht auf. Er sucht sich die größte und dickste Schneegans und nimmt sie fest ins Visier. Sie sitzt ahnungslos da und reinigt mit dem Schnabel ihr Gefieder.

Heute klappt es, denkt Luchsohr. Bestimmt. Er ist sich sicher, dass er die Schneegans trifft. Er wird Papu nicht enttäuschen. Die Horde wird heute eine fette Schneegans zu essen bekommen. Und er, Luchsohr, hat sie erlegt. Wie ein echter Jäger. Genau, so wird es sein!

Luchsohr umfasst den Speer so fest, dass seine Fingerknöchel weiß hervortreten. Dann lehnt er sich leicht nach hinten zurück, um Schwung zu holen. Mit einem Ruck schnellt er nach vorne. Wusch! Gerade als er den Speer abwirft, spürt er einen Stich im Bein. Luchsohr zuckt kurz zusammen, sein Arm wackelt, der Speer gleitet ihm aus der Hand und segelt im hohen Bogen an den Schneegänsen vorbei.

Die Gänse gackern aufgeregt, breiten sofort die Flügel aus und erheben sich in die Lüfte. Mit wenigen Flügelschlägen sind sie unerreichbar weit von ihnen entfernt.

Papu stöhnt und schüttelt den Kopf.

Luchsohr sieht den Schneegänsen mit offenem

Mund nach. Sie verschwinden wie große Schneeflocken am Horizont. »Es war nicht meine Schuld«, stottert er. »Jemand … etwas hat mich ins Bein gezwickt.«

»Ein böser Käfer?«, fragt Tigerzahn und grinst.

Luchsohr mustert ihn und presst die Lippen aufeinander. Von wegen Käfer!, denkt er, aber er sagt nichts.

»Ob dich was zwickt oder nicht – das ist vollkommen egal! Ein Jäger muss sich immer voll auf die Beute konzentrieren«, schimpft Papu. »Was sollen wir denn jetzt essen? Schon lange ist in der Gegend kein fetter Braten mehr in Sicht gewesen. Jetzt hast du die einzige Beute auch noch verscheucht!«

Luchsohr sieht zu Boden. Es ist einfach ungerecht! Aber er weiß auch: Papu hat recht. Ein echter Jäger hätte die Schneegans trotz Zwicken getroffen.

»Keine Panik«, meldet sich da Tigerzahn. Er stemmt die Hände in die Hüften. »Ich habe drüben auf den kleinen Felsen beim Bach in der Nähe der Höhle ein paar Murmeltiere gesehen. Die schmecken zwar nicht so gut wie Gänse, aber besser als nichts.«

»Hm«, macht Papu und mustert Tigerzahn. »So, so.« Dann nickt er.

Sie gehen zum Bach und Tigerzahn fängt im Handumdrehen zwei Murmeltiere. Fast wie ein echter Jäger, muss Luchsohr zugeben. Von den Murmeltieren wird die Horde zwar niemals satt, aber weitere Tiere sehen sie nicht. Luchsohr hält sich bei der Jagd im Hintergrund. Er hat keine Lust, nach Tigerzahns Pfeife zu tanzen. Und ein kleines bisschen hat er Angst, dass er Papu wieder enttäuscht.

Als die drei mit der mageren Beute zur Höhle zurückkehren, fällt Mamu vor Schreck die Nadel aus der Hand, mit der sie gerade eine Fellhose reparieren wollte. »Zwei Murmeltiere? Wie soll ich denn damit alle satt bekommen? Mit den zwei Fleischkrümeln kann ich gerade mal meine Zahnlücken füllen!«, poltert sie los.

»Weiß ich doch«, brummt Papu. »Mir wäre eine Rentierkeule auch lieber. Oder ein fetter Gänsebraten«, fügt er mit einem kurzen Blick auf Luchsohr hinzu. »Aber bis auf ein paar Schneegänse in der Ferne und die zwei Murmeltiere haben wir keine Tiere gesehen. Und das ist nun schon seit Tagen so.«

»Das heißt, die Tiere sind weitergezogen«, sagt Paponk Rotnase.

Papu nickt. »Wir können nur hoffen, dass Sternauge und die Jäger bald mit fetter Beute zurückkommen. Aber trotzdem müssen wir bald unsere Höhle aufgeben und den Tieren hinterherziehen, wenn wir nicht verhungern wollen.«

»Unsere schöne Höhle!«, ruft Mamu. »Kaum haben wir uns eingerichtet, müssen wir weiterziehen. Es ist immer dasselbe!«

»Der Mensch ist nun mal kein Baum. Wir werden nie lange an einem Ort bleiben«, sagt Papu. »Wir müssen den Tieren folgen.«

»Wenn wir die Tiere zähmen, bleiben sie bei uns«, wirft Pfotenherz ein. »Guckt! Wie dieser kleine Wolf.«

Papu runzelt die Stirn. »Du hast ihm doch wohl hoffentlich nichts zu essen gegeben?«

Pfotenherz bekommt rote Ohren.

»Her mit den Murmeltieren«, sagt Mamu schnell und streckt den Arm aus. »Ich sehe zu, was ich aus ihnen machen kann.«

Kurz darauf sitzen alle ums Feuer. Luchsohr holt mit zwei Stöcken einen heißen Stein aus den Flammen und lässt ihn in die Kochgrube fallen. Das Wasser zischt und brodelt. Mamu gibt ein paar Kräuter und Wurzeln ins Wasser. Davon werden die Murmeltiere zwar nicht größer, aber das Fleisch schmeckt besser.

Alle essen schweigend. Sonst herrscht beim Essen immer eine fröhliche Stimmung, aber heute schauen alle mit finsteren Gesichtern vor sich hin. Sie wissen, dass sie hungrig zu Bett gehen müssen.

»Hmmm«, macht Papu und streicht sich über den Bauch, als hätte er ein ganzes Wollnashorn alleine verdrückt. »Mamu, so eine prima Köchin wie dich gibt es nur einmal. Sogar aus ein paar klapprigen Murmeltieren machst du einen Festschmaus! Stimmt's?« Papu blickt auffordernd in die Runde.

Alle nicken langsam. Luchsohr bläht die Backen auf, als würde er keinen Bissen mehr herunterbekommen. Dabei hat er das Gefühl, ein Riesenloch im Bauch zu haben.

Mamu lächelt kurz und winkt ab. Sie weiß, dass niemand richtig satt geworden ist. Und wenn die Jäger nicht bald zurückkommen, wird der Hunger noch schlimmer werden. Die Alten und die Kinder werden das nicht lange überstehen.

Nach dem Essen ziehen sich alle leise zurück. Nur Pfotenherz lässt sich vom Hunger nicht die Laune verderben. Er spielt mit dem Jungwolf vor der Höhle.

»Er heißt Wolfu«, erklärt er Luchsohr. »Er macht alles, was ich sage. Sitz!«, ruft Pfotenherz und klopft auf den Boden. Der kleine Wolf legt den Kopf

Konnten Steinzeitmenschen eigentlich kochen?

Feuer bedeutete in der Steinzeit Licht, Wärme und Nahrung. Außerdem bot es den Menschen Schutz vor wilden Tieren, denn die meisten Tiere haben Angst vor den Flammen. Dies machten sich die Menschen auch bei der Jagd zunutze, indem sie mit Feuern und Fackeln die Beute in die gewünschte Richtung trieben.

Schließlich war das Feuer auch wichtig bei der Zubereitung des Essens. Wenn das Fleisch allerdings direkt über dem Feuer gegrillt wurde, war es oft außen schon verkohlt, während es innen

noch roh war. Und wenn man das Fleisch aufspießte, verbrannt die Holzspieße schnell. Mit der Zeit haben die Menschen daher bessere Techniken entwickelt. Ein im Feuer erhitzter Stein funktionierte zum Beispiel ähnlich wie eine Herdplatte. Für Dinge, die man nicht übers Feuer hängen konnte, wie etwa Wasser und Wildgemüse oder -getreide, eignete sich eine Kochgrube. Dazu grub man ein Loch und kleidete es mit einem Stück Leder aus. Dieser »Kochtopf« wurde dann mit Wasser und den rohen Zutaten gefüllt. Um das Wasser zum Kochen zu bringen, wurden heiße Steine hineingelegt.

Nahrungsmittel, die unbehandelt schnell verdorben wären, machte man durch Räuchern (Fleisch) oder Trocknen (Fleisch, Gemüse, Kräuter) haltbar. Die so gewonnenen Vorräte eigneten sich auch gut als Proviant für Reisen oder für die Jagd.

schrägt, sieht Pfotenherz fragend an und rührt sich nicht. »Na ja. Fast alles.«

»Machst du dir gar keine Sorgen, dass wir alle verhungern?«, fragt Luchsohr, dessen Magen knurrt.

Pfotenherz zuckt mit den Schultern. »Die Jäger kommen bestimmt bald zurück. Und außerdem erlegst du doch ein Mammut. Dann haben alle genug zu essen.«

Luchsohr kratzt sich am Kopf. »Na ja, das habe ich ja nur so gesagt. Außerdem – wahrscheinlich treffe ich das Mammut gar nicht.« Luchsohr zögert, dann fügt er hinzu: »Genau wie damals bei der Großjagd mit deinem Papa.« Er muss immer wieder an den fürchterlichen Unfall denken. Hätte er das Mammut an der richtigen Stelle mit dem Speer getroffen, würde Pfotenherz' Papa noch leben. Aber Luchsohr hat danebengeworfen. Und Pfotenherz' Papa ist tot.

Pfotenherz runzelt die Stirn, dann sagt er leise: »Du kannst nichts dafür. Und das mit dem Mammut und der Prüfung, das wird schon.«

Auf einmal spürt Luchsohr etwas Feuchtes an seiner Hand. Wolfu leckt ihm mit der Zunge über die Finger. »He, schmecken die etwa?«

Pfotenherz lacht. »Siehst du, er mag dich!«

Die Vision des Schamanen

Am nächsten Abend sind die Jäger noch immer nicht zurück. Luchsohr und Pfotenherz rennen andauernd zum großen Felsen und halten Ausschau, aber am Horizont ist nichts zu sehen.

Als es dunkel wird, kehren Papu und Paponk Rotnase von der Jagd nach Hause. Sie haben nur einen kleinen Lemming erlegt. Mamu kocht ihn und verteilt die spärlichen Fleischstücke an die Kleinkinder und den Schamanen. Er bekommt ein extragroßes Stück. Für seine extragroßen magischen Kräfte. Alle anderen kriegen nur Wurzeln.

Während die anderen essen, beratschlagen sich Papu, Paponk Rotnase und Mamu. Was sollen sie tun, wenn die Jäger nicht bald zurückkommen? Ein paar Tage können sie noch von Wurzeln und Körnern leben. Aber dann? Wird wieder die Hälfte von ihnen an Hunger sterben, wie im vorletzten Winter?

Papu geht zum Schamanen und bittet um Hilfe.

»Lasst das Feuer hoch auflodern«, weist er an, »dann will ich die Götter rufen.«

Luchsohr, Pfotenherz und die anderen Kinder suchen schnell genügend Brennmaterial zusammen. Dann versammelt sich die ganze Horde ums Feuer, das lichterloh in den Himmel brennt.

Der Schamane steht dicht am Feuer. Er hat beide Hände zum Himmel erhoben. In der einen Hand hält er seinen Knochenstab mit den Federn. Mit geschlossenen Augen beginnt er zu summen. Dabei wiegt er sich langsam von einer Seite zur anderen. Sein Summen wird immer lauter und plötzlich schüttelt er sich am ganzen Körper. Er fährt mit dem Knochenstab blitzschnell durch das Feuer, wirbelt herum und stößt drei laute Schreie aus.

Luchsohr und Pfotenherz zucken zusammen.

Danach bleibt der Schamane wie erstarrt stehen, öffnet die Augen und sieht nach oben. Der Himmel ist rabenschwarz. Nur die goldenen Augen der Götter funkeln herab. Auf dem Platz vor der Höhle wird es totenstill. Schamane Feuerblick streckt beide Hände zum Himmel und ruft: »Ihr Götter mit den goldenen Augen! Ihr seht unser Elend. Doch selbst in der größten Not gedenken wir eurer.« Er holt das Stück Fleisch aus seinem Beutel. »Diese Gabe ist für euch. Möge sie euch gnädig stimmen.« Mit diesen Worten wirft er den Brocken ins Feuer.

Der Schamane

Der Schamane war eine Mischung aus Arzt, Priester, Zauberer und Richter: Er kommunizierte mit den Göttern, bat sie zum Beispiel um Erfolg bei der Jagd, kannte sich mit Heilpflanzen und -riten aus und leitete die Zeremonien in der Horde.

Luchsohr sieht, wie die Flammen das Fleisch verschlingen. Sein Magen knurrt jetzt so laut, dass es bestimmt sogar die Götter hören.

»Götter mit den goldenen Augen!«, ruft der Schamane in die Nacht. »Ihr seht, wie wir Hunger leiden. Seit zwei Nächten warten wir auf unsere Jäger. Wo sind sie? Sind sie mit reichlich Beute auf dem Heimweg? Oder irren sie durch die weißen Berge? Haben die bösen Geister der getöteten Tiere sie heimgesucht?« Der Schamane starrt in den Nachthimmel. Seine Augen funkeln. »Sind sie verwundet? Sind sie noch am Leben?«

Trotz der Wärme des Feuers bekommt Luchsohr eine Gänsehaut. Der lange, hagere Schatten des Schamanen fällt genau auf sein Gesicht. Es ist, als würde ihn ein Geist streifen. Am liebsten würde er sich woanders hinsetzen, aber er wagt es nicht, sich zu bewegen.

»Götter mit den goldenen Augen!«, fährt der Schamane fort und reckt den Knochenstab dem Himmel entgegen. »Ihr seid weise und gerecht und euer Blick ist unendlich. Gewiss habt ihr unsere Jäger gesehen, sie auf ihrer langen Wanderung begleitet. Wisst ihr, wie es um sie steht? So sendet mir ein Zeichen! Mag es auch noch so klein sein.«

Der Schamane beginnt wieder zu summen und sich leicht hin- und herzuwiegen, wie ein dünner Baum im Wind. Seine Bewegungen werden immer ausladender und schließlich schwingt er auch die Arme und hebt die Beine. Er tanzt nicht froh und ausgelassen, sondern langsam und entrückt, als hätte er alles um sich herum vergessen.

Der Schamane singt jetzt Worte, die Luchsohr nicht versteht. Es muss die Sprache der Götter sein, die nur der Schamane beherrscht. Er verdreht die Augen, sodass man nur noch das Weiße sieht. Luchsohr möchte den Blick am liebsten abwenden, aber der Schamane hat ihn in seinen Bann gezogen. Wie alle anderen auch, die ums Feuer sitzen.

Schamane Feuerblick greift abermals in seinen Lederbeutel. Mit einer ausladenden Bewegung wirft er ein Pulver ins Feuer. Das Feuer lodert auf. Funken sprühen, als wären die Flammen zornig. Die Hordenmitglieder weichen ein Stück zurück. Der Schamane tanzt ungerührt weiter und singt. Immer lauter hallt seine Stimme durch die Nacht.

Da saust ein goldenes Licht über den Himmel. Pfotenherz sieht es als Erster. »Die Götter schicken ein Zeichen!«

Luchsohr erkennt gerade noch einen funkelnden

Schweif, bevor das seltsame Licht am rabenschwarzen Himmel wieder verglüht.

Die Götter haben dem Schamanen geantwortet.

Schamane Feuerblick steht ganz still, hat den Kopf weit in den Nacken gelegt und sieht zum Himmel. Dann schließt er die Augen. Seine Hände bewegen sich dabei, als würde er etwas aus der Nachtluft formen. Er murmelt leise vor sich hin, stößt einen kurzen Schrei aus, bei dem Luchsohr wieder zusammenzuckt, und flüstert schließlich mit geschlossenen Augen: »Ich sehe unsere Jäger. Sie wirken abgekämpft, aber sie sind am Leben.«

Mamu stöhnt leise.

Schamane Feuerblick fährt mit geheimnisvoller Flüsterstimme fort: »Doch sie sind in Gefahr. In großer Gefahr.«

Mamu und die anderen Hordenmitglieder wagen es kaum zu atmen.

»Unsere Jäger stehen dicht aneinandergedrängt. In ihren Augen ist Angst. Sie blicken sich verzweifelt um, halten ihre Lanzen zum Angriff bereit.«

»Wovor haben sie Angst?«, flüstert Papu und sieht den Schamanen eindringlich an.

Doch der hat seine Augen weiterhin geschlossen. »Sie sind umzingelt. Von Bestien.«

Einige schreien auf. Mamu fasst sich ans Herz.

»Ich sehe Unglück, Hunger und Tod«, flüstert der Schamane. »Doch halt. Ich sehe einen Retter.«

Ein Raunen erklingt rings um das Feuer. »Wer ist der Retter? Einer von uns?«, fragt Tigerzahn.

Der Schamane nickt. »Ich erkenne sein Gesicht nur ganz schwach. Aber ich glaube, es ist …«

»Papu!«, ruft Pfotenherz.

Schamane Feuerblick schüttelt den Kopf. »Nein. Er ist kleiner und jünger.«

Tigerzahn streckt die Brust heraus. Er sieht den Schamanen erwartungsvoll an.

»Es ist …« Der Schamane runzelt die Stirn. »Es ist …« Der Schamane stutzt. »Es ist …« Der Schamane zuckt mit den Schultern. Dann öffnet er die Augen, holt tief Luft und verkündet: »Unser Retter ist Luchsohr.«

Durch Luchsohrs Bauch schießt ein heißer Blitz. Ihm stockt der Atem.

Alle sehen ihn an. Paponk Rotnase fährt sich über den Bart. Papu hat die Augen weit aufgerissen. Tigerzahn bleibt der Mund offen stehen.

Pfotenherz ist der Erste, der seine Stimme wiederfindet. »Luchsohr wird uns vor Unglück, Hunger und Tod retten! Hurra!«

Die anderen nicken nach und nach und ein paar stimmen zögernd in die Hurra-Rufe ein.

Luchsohr hat das Gefühl, den Knochenstab des Schamanen verschluckt zu haben, so steif kommt er sich vor. Ich, der Retter?, denkt er. Das muss ein Irrtum sein. Da hat der Schamane sich vertan oder die Götter haben das falsche Bild geschickt. Aber die Götter machen nie etwas falsch. Und die Visionen von Schamane Feuerblick sind bis jetzt immer eingetroffen.

Schließlich erhebt sich Papu.

»Vielen Dank, Feuerblick«, sagt er zu dem Schamanen. »Wir haben uns immer nach deinen Visionen gerichtet und so werden wir uns auch nach dieser richten. Wir beratschlagen noch heute Nacht, was zu tun ist.« Papu nickt Paponk Rotnase, Mamu und dem Schamanen zu. »Ihr anderen legt euch schlafen. Und vor allem du«, sagt Papu zu Luchsohr. »Eine ereignisreiche Zeit scheint auf dich zu warten.«

In dieser Nacht kann Luchsohr kaum schlafen. In seinem Kopf huschen die Gedanken durcheinander wie die Funken im Feuer. Immer wieder sieht er den Schamanen vor sich. Und immer wieder hört er die Worte: *Unser Retter ist Luchsohr.*

Wie kommen die Götter nur darauf? Luchsohr

kann gut Tiere beobachten, sie an ihren Lauten erkennen, kann recht brauchbare Waffen fertigen und ist ein guter Läufer. Trotzdem, er ist ja noch nicht mal ein richtiger Jäger! Besonders kräftig ist er auch nicht, mal ganz davon abgesehen, dass seine Speere so gut wie nie ins Ziel treffen.

Luchsohr wälzt sich hin und her, die Gedanken lassen ihm keine Ruhe. Was sind das für Bestien, die die Jäger umzingelt haben? Sind es Tiere oder die bösen Geister der getöteten Tiere? Mit denen kann es Luchsohr unmöglich aufnehmen. Nichts fürchtet er mehr. Und wie geht es Sternauge? Sie hat gesagt, mit Luchsohrs Kette würde ihr nichts passieren. Aber was, wenn doch?

Säbelzahntiger, die genaugenommen zu den Katzen zählen, gab es bis vor 20 000 Jahren vor allem in Nord- und Südamerika. Beim Jagen und Fressen waren ihre bis zu 20 cm langen Eckzähne allerdings eher hinderlich und wahrscheinlich sogar der Grund dafür, dass diese Katzenart ausgestorben ist. Der Höhlenbär, der wesentlich größere Urahn des heutigen Braunbären, konnte bis zu 3,5 Meter lang und 1,7 Meter hoch werden, war aber ein reiner Pflanzenfresser.

Warum starben die Großtiere in der Eiszeit aus?

Zum Ende der Eiszeit wurde es immer wärmer. Der Dauerfrostboden taute allmählich auf und Bäume konnten sich ausbreiten. Sie verdrängten die Gräser und somit Weideflächen für die Großtiere. Die Wälder gaben nicht genug Nahrung für Tiere wie Mammuts, Höhlenbären und Wollnashörner her. Auch heute noch leben Großtiere bevorzugt in Savannen statt im Urwald.

Das eiszeitliche Wollnashorn hatte im Gegensatz zum heutigen Nashorn ein dichtes Fell. Seine beiden Hörner hat es wahrscheinlich benutzt, um damit an die Pflanzen unter der Schneedecke zu kommen.

Das Mammut ist vor ca. 20 000 Jahren ausgestorben und war dicht behaart. Wie die heutigen Elefanten waren Mammuts Zehengänger und hatten trotz ihrer enormen Größe einen fast lautlosen Gang.

Ein gewaltiger Luftzug

Papu, Paponk Rotnase, Mamu und der Schamane haben sich die halbe Nacht beraten. Am nächsten Morgen verkündet Papu ihren Beschluss: »Wenn wir hierbleiben und uns dem Schicksal ergeben, verhungern wir alle. Doch die ganze Horde kann unmöglich aufbrechen. Viele sind bereits zu schwach.«

Mamu nickt mit ihrem Säugling im Arm.

Papu fährt fort: »Unsere Jäger sind in Gefahr, aber noch am Leben. Wir werden einen Trupp bilden und nach ihnen suchen. Mithilfe der Götter werden wir mit den Jägern und mit Beute zurückkehren.«

»Wer ist bei dem Trupp dabei?«, ruft Tigerzahn.

»Mein Bruder Rotnase und ich«, sagt Papu. »Und du, Tigerzahn, denn du bist mutig und schnell.«

Tigerzahn strahlt und macht einen Schritt nach vorne. Er blickt stolz in die Runde. Als er Luchsohr entdeckt, zieht er die Augenbraue hoch.

»Und Luchsohr kommt mit. Denn er ist der Retter«, sagt Papu.

Luchsohr wird wieder stocksteif, wie gestern am

Feuer. Er freut sich, dass er zum Trupp gehört, aber als Retter? Die anderen Hordenmitglieder sehen Luchsohr ernst an und nicken. Sie glauben wirklich, dass er sie retten kann! Nur Pfotenherz, zu dessen Füßen Wolfu sitzt, macht ein trauriges Gesicht. »Pfotenherz muss auch mit«, sagt Luchsohr schnell.

Papu streicht sich über den Bart und betrachtet Pfotenherz. »Hm. So, so. Na ja. Du bist zwar noch etwas jung, aber na schön.«

»Und Wolfu muss auch mit«, sagt Pfotenherz und zeigt auf den kleinen Wolf zu seinen Füßen.

»Jetzt ist es aber genug!«, poltert Papu. »Von mir aus nimm den Wolf mit. Aber mehr kommen nicht mit. Wir machen schließlich keinen Ausflug, sondern suchen unsere Jäger. Das ist gefährlich.«

Nach einem spärlichen Beerenfrühstück bricht der Trupp auf. Luchsohr verabschiedet sich von Mamu und Klecksfinger. Wird er sie jemals wiedersehen?

Der Trupp entfernt sich mit schnellen Schritten über das Silberwurztal von der Höhle. Sie überqueren Bäche, klettern über Geröll und stapfen durch Schneefelder. Die weißen Berge am Horizont kommen immer näher und werden immer gewaltiger.

Tigerzahn geht mit Papu an der Spitze. Er redet, als wäre er schon ein richtiger Jäger, und schenkt

Luchsohr keinerlei Beachtung. Dabei hätte Luchsohr sowieso keine Lust, sich mit so einem Angeber zu unterhalten. Luchsohr ist froh, dass sein Freund Pfotenherz dabei ist. Wolfu geht immer dicht neben ihm. Pfotenherz ist mächtig stolz auf seinen gezähmten Wolf.

»Siehst du, man kann Tiere an uns gewöhnen«, sagt er. »Das machen wir mit Rentieren und Wisenten und dann müssen wir nie mehr hungern.«

»Na ja«, sagt Luchsohr und kratzt sich hinterm Ohr. »Aber ob die Rentiere und Wisente auch bei uns bleiben, wenn wir nach und nach einen von ihnen essen?«

Plötzlich jault Wolfu auf. Er bleibt stehen, dreht sich um und spitzt die Ohren. Dann macht er einen Satz und flitzt über ein Geröllfeld davon.

»Wolfu! Nein! Nicht weglaufen!«, ruft Pfotenherz und rennt ihm nach. »Komm zurück! Wolfu!«

Luchsohr bleibt unentschlossen stehen. Papu, Tigerzahn und Rotnase haben nichts bemerkt und gehen unbeirrt weiter. Als Luchsohr sieht, dass Pfotenherz und Wolfu in einer kleinen Senke verschwinden, überlegt er nicht lange und rennt ihnen nach. »Pfotenherz! Warte! Lauf nicht weg! Pfotenherz!«

Luchsohr läuft, so schnell er kann. Doch als er in

die Senke kommt, ist von Pfotenherz und Wolfu weit und breit nichts zu sehen. Er rennt aus der Senke heraus und über eine Grasebene, auf der vereinzelt große Felsbrocken liegen. »Pfotenherz!«, ruft er und sieht sich verzweifelt nach allen Seiten um. Nichts.

Auf einmal spürt Luchsohr einen Lufthauch. Erst kaum merklich, dann immer deutlicher. Luchsohr hört einen unheilvollen Tierlaut. Er nähert sich rasant, wird immer lauter. Luchsohr kennt diesen Laut. Er weiß, wer den Lufthauch ausgelöst hat. Er muss Schutz finden. Sofort! Schnell hockt er sich hinter einen großen Stein. Keine Sekunde zu früh.

Luchsohr hat die Augen fest auf die andere Seite der Senke gerichtet. Schon tauchen die gewaltigen Stoßzähne auf, dann der kräftige, behaarte Rüssel. Danach der Kopf, größer als der Felsbrocken, hinter dem Luchsohr sich versteckt. Ein Mammut, dreimal so groß wie Luchsohr, rennt durch die Senke auf Luchsohr zu. Ihm folgen zwei weitere, etwas kleinere Mammuts. Aber auch die sind riesengroß.

Unter jedem gewaltigen Schritt der Mammuts verschwinden die Gräser. Die Mammuts laufen schnell, als wären sie vor etwas auf der Flucht. Luchsohr drückt sich so dicht wie möglich an den Stein. Ein Tritt von einem Mammut genügt, und er ist nur noch

Brei. Er weiß, welche ungeheuere Kraft ein Mammut hat. Das hat er bei der Großjagd mit Pfotenherz' Papa gesehen. Bei dem Gedanken daran würde sich Luchsohr am liebsten in den Erdboden verkriechen. Niemals, denkt Luchsohr, werde ich so ein Tier erlegen. Ich kann froh sein, wenn sie mich am Leben lassen.

Die Mammuts stürmen direkt auf Luchsohr zu. Es raschelt und rauscht, doch sonst sind die Schritte erstaunlicherweise kaum zu hören. Luchsohr presst sich an den Stein, als wolle er mit ihm verschmelzen, und schließt die Augen fest. Er betet zu den Göttern: Bitte, helft mir! Ich will nicht von einem Mammutfuß zerquetscht werden.

Die Mammuts sind jetzt direkt über ihm. Luchsohr spürt den gewaltigen Luftzug, als die Tiere über ihn hinwegstürmen. Gleich kann es aus sein.

Doch nach und nach flaut der Luftzug ab. Luchsohr öffnet die Augen und späht vorsichtig über den Fels. Die Mammuts sind tatsächlich über ihn hinweggerannt, ohne ihn zu zertrampeln! Erst jetzt spürt er, wie schnell und laut sein Herz klopft. Seine Hände sind feucht und zittern. Luchsohr lehnt sich an den Stein und beobachtet die Mammuts. Sie rennen auf ein Schneefeld zu. Warum haben sie es nur so eilig?, wundert er sich.

Die zwei kleineren Mammuts laufen auf die Schneeschicht. Das größere Mammut ist etwas

zurückgefallen. Plötzlich stößt eins der kleineren Mammuts einen durchdringenden Schrei aus. Es streckt den Rüssel gen Himmel. Luchsohr versucht zu erkennen, was passiert ist. Das Mammut schreit erneut, als hätte es Todesangst.

Luchsohr sieht, dass es mit beiden Hinterbeinen tief in die Schneeschicht eingebrochen ist. Es steckt fest und je mehr es sich bewegt und versucht, sich aus dem Schnee zu befreien, umso tiefer gerät es in die weißen Massen. Schon sind auch die Vorderbeine nicht mehr zu sehen. Das große Mammut ist herbeigeeilt, um zu helfen, doch es droht ebenfalls im Schnee einzubrechen. Die Mammuts stoßen verzweifelte Quietscher und Angstschreie aus. Aber vergebens. Niemand kann dem im tiefen Schnee gefangenen Mammut helfen. Es sitzt in der Falle.

Da hat Luchsohr plötzlich eine Idee.

Doch bevor er sie zu Ende denken kann, hört er ein Fauchen hinter sich. Luchsohr erstarrt und bekommt am ganzen Körper Gänsehaut. Es faucht wieder schneidend scharf. Ganz langsam dreht Luchsohr sich um. Er sieht zwei lange, gebogene Eckzähne, hellbraunes Fell und funkelnde, giftgrüne Augen.

Vor ihm, in bedrohlicher Nähe, steht ein ausgewachsener Säbelzahntiger.

Auf Leben und Tod

Luchsohr starrt in die grünen, wachsamen Raubkatzenaugen. Sie mustern ihn eindringlich und gierig, als wolle der Säbelzahntiger ihn mit den Augen verschlingen.

Der Säbelzahntiger hebt langsam seine gewaltige Tatze, geht einen Schritt auf Luchsohr zu und faucht. Weitere weiße Zähne, scharf wie Messer, blitzen auf. Abermals hebt der Säbelzahntiger eine Tatze. Die Krallen sind spitz und kräftig wie Steinklingen. Luchsohr weicht unwillkürlich zurück und presst sich mit dem Rücken an den Stein. Seine Hände sind eiskalt und feucht. Er lässt den Säbelzahntiger nicht aus den Augen. Unter dem Fell kann er enorme Muskeln erkennen. Der Säbelzahntiger strotzt vor Kraft. Luchsohr ist zwar mit einem Speer bewaffnet, aber gegen dieses kräftige Tier hätte er keine Chance. Würde er den Säbelzahntiger jetzt angreifen, würde er ihn nur noch mehr reizen, und das wäre sein sicherer Tod.

Luchsohr bleibt nur eins: Er muss um sein Leben

rennen. Auch auf die Gefahr hin, dass der Säbelzahntiger ihn schnell einholen wird. Vielleicht ist der Tiger von der Jagd nach den Mammuts erschöpft, denkt Luchsohr, oder ich finde rechtzeitig ein Versteck, kann mich auf eine Moorbirke retten oder den Säbelzahntiger überlisten. Nur wie? Luchsohr bleibt keine Zeit, darüber nachzudenken. Denn eins ist klar: Wenn er hier stehen bleibt, ist der Säbelzahntiger mit wenigen Sätzen bei ihm und zerreißt ihn in Stücke.

Luchsohr sieht ein letztes Mal in die gierigen, grünen Augen. Er holt tief Luft, umfasst den Speer fester und zählt stumm: Eins – zwei – drei! Dann wirbelt er mit einem Ruck herum und rennt los. Um sein Leben.

Er jagt durch das hohe Gras, weicht Gesteinsbrocken aus, an Büschen vorbei. Die Zweige schlagen

ihm ins Gesicht, die Grashalme peitschen um seine Beine. Der Säbelzahntiger hat sofort die Verfolgung aufgenommen. Luchsohr kann ihn hören und spüren, so dicht ist der Tiger hinter ihm. Seine gewaltigen Tatzen trommeln über den Erdboden. Immer lauter, immer näher. Unaufhaltsam.

Luchsohrs Beine laufen so schnell wie noch nie in seinem Leben. Sein Herz rast. Es klopft so stark, als wolle es jeden Moment zerspringen. Mit weit aufgerissenen Augen sieht er zu Boden. Er darf jetzt nicht über einen Stein oder einen Ast stolpern, sonst ist es vorbei mit ihm. Lange kann er dem Säbelzahntiger nicht mehr entkommen, das weiß Luchsohr. Er kann nur hoffen, dass der Tiger die Lust verliert oder ihm die Puste ausgeht, bevor er selbst schlappmacht.

Luchsohr beißt die Zähne zusammen und versucht, noch schneller zu rennen. Seine Beine überschlagen sich fast. In seiner Brust spürt er einen stechenden Schmerz. Sein Atem geht laut und rasend schnell. Er wirft einen fieberhaften Blick nach rechts. Da sieht er eine kleine Felsformation. Vielleicht gibt es dort eine Enge, durch die sich der Säbelzahntiger nicht durchzwängen kann. Es ist nur eine winzige Chance, aber Luchsohr muss es versuchen.

Abrupt ändert er die Richtung, rennt auf die Felsgruppe zu. Sie ist nicht besonders groß und Luchsohrs Hoffnungen schwinden, dort ein Versteck zu finden. Mit zwei großen Schritten springt er auf die erste Steinplatte. Behände kämpft er sich weiter über einen Geröllstreifen. Er hört die Steine hinter sich klacken. Der Säbelzahntiger ist ihm dicht auf den Fersen. Aber sein Gang hört sich jetzt schwerfälliger an. Luchsohr springt von einem Steinbrocken zum anderen. Der Säbelzahntiger folgt ihm. Erst jetzt wird Luchsohr klar, welch großen Fehler er begangen hat: Wenn er hier in den Felsen in eine Klemme gerät und von lauter hohen Steinen umgeben ist, gibt es kein Entkommen mehr. Er sitzt in der Falle.

Luchsohrs Herz rast noch heftiger. Es muss einen Ausweg geben! Er will nicht hier in den Felsen sterben. Plötzlich sieht Luchsohr eine Felsspalte, gerade breit genug, dass er sich hindurchzwängen kann. So schnell ihn seine Beine noch tragen können, rennt er darauf zu. Flink zwängt er sich durch die Spalte hindurch. Seine Hose schabt über den Felsen, seine Wange reibt an der Steinplatte und brennt. Doch Luchsohr schafft es – er ist auf der anderen Seite der Felsen!

Ohne sich umzusehen, stürmt er weiter. Erst nach ein paar Metern wird er langsamer und lauscht. Keine Steine klackern hinter ihm. Keine Tatzen trommeln auf dem Boden. Zögernd bleibt Luchsohr stehen. Er zittert am ganzen Körper. Sein Nacken und seine Stirn sind schweißnass. Dann dreht er sich langsam um.

Der Säbelzahntiger ist verschwunden.

Luchsohr atmet aus und fährt sich mit dem Arm über die Stirn.

Plötzlich sieht er etwas wie einen Blitz vom oberen Felsrand auf sich zukommen. Der Säbelzahntiger! Er ist über die Felsen geklettert und springt direkt auf Luchsohr zu.

Luchsohr reißt die Augen auf, wirbelt herum und stürmt davon. Vor ihm liegt eine mit Flechten und Gräsern bewachsene Ebene. Er läuft so schnell, dass er glaubt, das Herz hüpft ihm jeden Moment aus der Brust. Sein Körper ist heiß vor Schmerzen.

Luchsohr weiß, dass er keine Chance mehr hat. Der Säbelzahntiger wird ihn auf den nächsten Metern einholen. Durch den Sprung ist der Abstand kleiner geworden. Luchsohr hört jetzt deutlich das Trommeln der Tigertatzen. Jeden Moment wird eine der kräftigen Tatzen auf seinen Rücken schlagen. Luchsohr spürt den Speer in seiner Hand. Wenn er schon sterben muss, beschließt er, dann will er wenigstens kämpfen. Er wird sich umdrehen und dem Säbelzahntiger seinen Speer entgegenschleudern. Und dann …?

Auf einmal jault der Säbelzahntiger hinter Luchsohr auf. Doch Luchsohr wagt es nicht, sich umzudrehen. Er hört, wie der Tiger wütend schnauft. Das Tier jault ein zweites Mal gellend auf und faucht. Dieses Mal klingt es, als wäre der Tiger etwas zurückgefallen. Auch das Trommeln der Tatzen wird nach und nach leiser. Doch Luchsohr bleibt auf keinen Fall stehen und sieht sich um. Den Fehler hat er schon einmal gemacht.

Plötzlich hört er noch ein anderes Geräusch. Es kommt ihm vertraut vor. Das ist Jagdgeschrei! Und diese Stimmen … sind das nicht …?

Luchsohr läuft langsamer und dreht sich um. Ja! Er hat richtig gehört! Papu, Paponk Rotnase und Tigerzahn stürmen mit erhobenen Speeren hinter dem Raubtier her. Etwas weiter hinten folgen Pfotenherz und Wolfu, der laut bellt.

Luchsohr bleibt stehen. Jetzt rast sein Herz vor Angst und Freude zugleich. Wird es den anderen gelingen, den kräftigen Säbelzahntiger in die Flucht zu schlagen? Luchsohr sieht, dass Paponk Rotnase den Speer zum Wurf ansetzt. Er holt weit aus, macht zwei große Schritte nach vorne und stößt den Speer mit ganzer Kraft in Richtung Säbelzahntiger. Doch der Säbelzahntiger ist flink und listig. Gerade als der Speer auf ihn niedersaust, weicht er blitzschnell zur Seite aus. Der Speer landet im Gras.

Der Säbelzahntiger faucht. Jetzt setzt Tigerzahn zum Wurf an. Er hebt den Speer, lehnt sich nach hinten und drückt sich mit ein paar kräftigen Schritten vom Boden ab, als er den Speer mit lautem Gebrüll in die Luft schleudert. Der Speer fliegt einen langen Bogen. Der Säbelzahntiger prescht weiter vorwärts. Dann geht der Speer mit rasantem Tempo nahezu senkrecht auf den Säbelzahntiger nieder. Dem Tiger bleibt keine Zeit zum Ausweichen.

Tschung! Der Säbelzahntiger winselt vor Schmerz.

Tigerzahns Speer hat ihn direkt in die Schulter getroffen. Der Tiger wird langsamer. Aus der Wunde an der Schulter tropft Blut. Er sieht sich nach seinen Verfolgern um. Sie rennen mit erhobenen Speeren und lautem Gebrüll auf ihn zu. Luchsohr beobachtet die Szene mit angehaltenem Atem. Wird der Säbelzahntiger kämpfen?

Der riesige Säbelzahntiger beäugt die Menschen. Einen Moment sieht es aus, als wolle er sich auf sie stürzen. Doch dann blinzelt er, dreht sich jäh um und sucht das Weite, bevor ihn noch mehr Speere treffen können. Auf einen anstrengenden Kampf hat er offenbar keine Lust.

Luchsohr atmet tief ein. Seine Beine zittern noch immer, dennoch rennt er so schnell er kann zu den anderen hinüber und stimmt in ihre Freudenrufe ein. Sie haben es geschafft! Sie haben den Säbelzahntiger vertrieben!

Pfotenherz fällt Luchsohr um den Hals und Wolfu springt an ihm hoch.

»Das war knapp!«, sagt Papu und fährt Luchsohr kurz über den Kopf. »Gegen so einen ausgewachsenen Säbelzahntiger hättest du alleine keine Chance gehabt. Auch wenn er schon etwas alt und erschöpft war.«

»Nur gut, dass wir unseren Retter gerettet haben, was?«, brummt Paponk Rotnase.

Sie sind alle außer Atem, aber erleichtert.

Luchsohr tritt zu Tigerzahn. »Ohne dich wäre der Säbelzahntiger nicht so schnell abgehauen. Du … du hast mir das Leben gerettet«, muss Luchsohr zugeben. »Danke.« Er hält Tigerzahn die Hand hin.

Tigerzahn guckt auf die Hand und spuckt darauf. »Deinen Dank kannst du dir in die Fellhose stecken. Meinst du etwa, ich habe das für dich getan?« Tigerzahn grinst höhnisch. »Jetzt bin ich mir ganz sicher, dass sich der Schamane geirrt hat – du wirst nie im Leben unser Retter sein. Du bist und bleibst ein Zitterlemming!«

Schaurige Spuren

»Niemand entfernt sich mehr vom Trupp«, sagt Papu streng und mustert Luchsohr, Pfotenherz und Tigerzahn. »Wir bleiben alle zusammen. Verstanden? Das gilt auch für dich.« Papu zeigt auf Wolfu, der ihn wachsam mit großen Augen ansieht und munter mit dem Schwanz wedelt, als hätte er mit dem ganzen Ärger überhaupt nichts zu tun.

Pfotenherz sieht sich nach allen Seiten um. »Aber wo müssen wir jetzt lang?« Durch die Jagd nach dem Säbelzahntiger hat er die Orientierung verloren.

»Dort lang, über das Schneefeld«, sagt Paponk Rotnase und deutet mit seiner Lanze auf eine weiße Fläche in ein paar Schritten Entfernung. »Dort haben wir vorhin schon Spuren entdeckt, die nur von unseren Jägern stammen können.«

Der Trupp bricht zum Schneefeld auf. Dieses Mal geht Papu alleine vorne weg, gefolgt von Tigerzahn. Pfotenherz und Wolfu gehen in der Mitte, danach kommt Luchsohr und zum Schluss Paponk Rotnase. Luchsohr ist froh, dass er nicht hinter Tigerzahn gehen muss. Er möchte noch nicht mal mehr den Rücken von diesem aufgeblasenen Angeber sehen. Aber wie Tigerzahn vorhin den Speer auf den Säbelzahntiger geschleudert hat – wie ein echter Jäger. Das war astrein und richtig mutig, das muss Luchsohr leider zugeben. Tigerzahn hat ihm das Leben gerettet. Das wird ihm Luchsohr nie vergessen, auch wenn Tigerzahn so ein mieser Fiesling ist.

Bis auf das Murmeln von Paponk Rotnase, der gerne Selbstgespräche führt, gehen sie schweigend hintereinanderher. Von der Jagd nach dem Säbelzahntiger sind alle ziemlich erschöpft. Aufmerksam folgen sie den Spuren der Jäger und konzentrieren sich auf den Weg. Sie schreiten über flechtenbewachsene Hochebenen, Geröllfelder, schneebedeckte Hügel und mit Büschen und Gräsern bewachsene Ebenen. Als sie durch ein felsiges, wasserloses Flussbett gehen, wird Papu auf einmal langsamer. Er bleibt schließlich stehen und sieht sich nach allen Richtungen um. »Die Spur verliert sich hier«, sagt er nach einer Weile. »Oder seht ihr noch Spuren?«

Paponk Rotnase, Luchsohr, Tigerzahn und Pfotenherz beginnen zu suchen. Wolfu schnüffelt neugierig an den Steinen.

»Hier war niemand«, sagt Tigerzahn laut, nachdem sie alles abgesucht haben. »Wahrscheinlich haben wir die Spur schon früher verloren.«

Papu schüttelt den Kopf. »Das kann nicht sein.«

Luchsohr ist am äußersten Rand des Flussbetts auf einen Geröllhaufen geklettert, den das Wasser angespült hat. Die Jäger sind wohl kaum den beschwerlichen Weg über das Geröll gegangen. Trotzdem bückt Luchsohr sich und mustert den Erdboden. Plötzlich sieht er zwischen all dem Dunkelgrau etwas Weißes aufblitzen. Vorsichtig hebt er es auf. Für einen Moment bleibt ihm die Luft weg, als er erkennt, was er gefunden hat.

»Sie waren hier!«, ruft er. Seine Stimme zittert. »Ich habe Sternauges Kette gefunden!« Luchsohr hält den Stern-Anhänger hoch, der noch an der Tiersehne baumelt. Die Kette ist am Knoten zerrissen.

Die anderen rennen zu Luchsohr und mustern die Kette. »Wieso hat Sternauge ihre Kette hier verloren?«, fragt Pfotenherz. »Hier gibt es weit und breit nichts, woran sie hätte hängen bleiben können.«

Papu sucht bereits weiter. Er klettert über den Steinhaufen und murmelt: »Hier sind noch mehr Spuren. Es hat ein Kampf stattgefunden.«

Wolfu, der schon die ganze Zeit unruhig von einem Stein zum anderen gelaufen ist, bellt auf einmal aufgeregt. »Ruhig, Wolfu«, sagt Pfotenherz. »Was hast du denn?«

Wolfu schnüffelt an einem Stein und wedelt mit dem Schwanz. Dann sieht er Pfotenherz mit großen, traurigen Augen an. Plötzlich dreht er sich um und verschwindet mit einem Satz in der Felslandschaft, die sich hinter dem Flussbett ausbreitet.

»Halt! Hiergeblieben!«, ruft Pfotenherz und will gleich hinterherstürmen. Doch er kommt nicht weit. Papu ist mit drei großen Schritten bei ihm und hält ihn fest. »Wir bleiben zusammen, schon vergessen? Wenn Wolfu sich nicht daran hält, ist das seine Sache.«

»Aber …«, beginnt Pfotenherz, dann nickt er.

»Vielleicht kommt er von alleine zurück«, sagt Luchsohr leise.

Tigerzahn schnauft.

Pfotenherz stolpert mit hängendem Kopf über das Geröll, dann blickt er auf. Auf einmal stößt er einen durchdringenden Schrei aus und wird schneeweiß. »Da … da … da vorne«, stottert er und zeigt mit zitterndem Finger auf einen großen, flachen Stein. Er ist fast so groß wie ein Mensch.

Im Nu sind die anderen mit gezückten Waffen bei ihm. Sie bleiben stehen und starren auf den Stein. Er

Was Spuren verraten

Spurenlesen war eine der wichtigsten Fähigkeiten für die Menschen in der Steinzeit. Anhand von Huf- oder Tatzenabdrücken konnten sie Tiere erkennen. An Dungspuren, zertretenem Gras und abgeknickten Ästen konnten sie ablesen, wann ungefähr ein Tier vorbeigezogen war, und wussten, ob eine lohnende Beute oder ein gefährliches Tier in der Nähe war.

Diese Fähigkeit machten sie sich aber auch zunutze, um mit anderen zu kommunizieren. Mit einer absichtlich hinterlassenen Spur etwa konnten andere gewarnt oder um Hilfe gerufen werden.

ist über und über von einer dunkelroten, eingetrockneten Flüssigkeit bedeckt.

»Das ist Blut«, meint Paponk Rotnase.

Luchsohr schluckt. Er muss sich auf den Speer aufstützen, so weich werden seine Knie. So viel Blut. Wie kommt das hierher? So nah an der Stelle, wo seine Schwester ihre Kette verloren hat.

Einen Moment stehen alle wie festgefroren da. Sogar Tigerzahn ist das höhnische Grinsen vergangen. Aber weder ist er blass noch zittert er.

Papu löst sich aus der Gruppe und geht auf den Stein zu. Er mustert ihn von allen Seiten, dann fällt sein Blick auf etwas dahinter. Er hält einen Moment inne, schließlich ruft er: »Kommt alle her!«

Die anderen folgen Papu zögernd. Tigerzahn ist als Erster bei ihm. »Ein Tierkadaver«, sagt er, als er hinter den Stein blickt. »Sieht aus wie ein Hirsch.«

»Das war einmal ein Hirsch«, sagt Papu.

Der Tierkadaver ist vollkommen abgefressen. Luchsohr bückt sich. »Der liegt bestimmt schon ein, zwei Tage so hier.«

»Dann ist das Blut auf dem Stein vom Hirsch?«, fragt Pfotenherz.

»Na klar ist das vom Hirsch, du Schnarchbeutel«, zischt Tigerzahn.

Paponk Rotnase schüttelt den Kopf. »So genau wissen wir das nicht.«

»Von wem denn sonst?«, fragt Tigerzahn.

Luchsohr zuckt mit den Schultern. »Vielleicht von einem anderen Tier, das mit dem Hirsch gekämpft hat, oder …« Er verstummt und sieht zu Boden.

Papu kratzt sich am Bart. »Auf jeden Fall waren unsere Jäger hier. Die Spuren sind jetzt wieder eindeutig. Und«, fährt er fort und hebt eine zerbrochene Lanze auf, »es hat einen Kampf gegeben.«

»Vielleicht ist die Lanze nur bei der Jagd auf den Hirsch zersplittert«, meint Pfotenherz, der langsam wieder etwas Farbe im Gesicht bekommt.

»Ja«, sagt Luchsohr. »Das kann doch gut sein, oder?«

Papu wiegt den Kopf hin und her. »Natürlich kann die Lanze bei der Jagd zerbrochen sein. Aber ich verstehe nicht, wieso sie den Hirsch dann hier zurückgelassen haben.«

»Ganz einfach: Sie wollten nicht den ganzen Hirsch mit sich schleppen und haben nur das leckere Fleisch abgeschnitten«, sagt Tigerzahn.

Paponk Rotnase schüttelt den Kopf. »Glaub mir, ich habe schon viele Tierkadaver gesehen. Und so sieht kein Tierkadaver aus, der von Menschen gesäubert wurde.«

Papu nickt. »Wahrscheinlich haben unsere Jäger den Hirsch erlegt, wurden dann aber von irgendwas oder irgendwem überrascht.«

»Haben sie dann gekämpft?«, fragt Pfotenherz.

»Ja«, sagt Papu. »Sie wollten ihre Beute nicht verlieren. Oder ihr eigenes Leben.«

»Waren es die Bestien, die Schamane Feuerblick gesehen hat?«, fragt Pfotenherz leise.

»Das weiß ich nicht«, sagt Papu.

Luchsohr ist ein paar Schritte weitergegangen und sucht auf den Steinen nach Spuren. »Hier sind noch mehr Blutspuren«, ruft er den anderen zu.

Paponk Rotnase folgt den Blutspuren, die Luchsohr ihm zeigt. »Wahrscheinlich gab es Verwundete.«

»Wieso sind sie nicht mehr hier?«, fragt Tigerzahn.

»Zum Glück ist es so«, meint Papu. »Wären sie noch hier, wären sie wahrscheinlich tot.«

Paponk Rotnase nickt. »Sie sind offenbar geflohen.« Er deutet auf einen steinigen Pfad, der sich in einiger Entfernung um einen großen Granitbrocken schlängelt. »Die Spuren führen dort entlang.« Alle sehen in die Richtung, in die Rotnase gezeigt hat, und schweigen.

»Gehen wir«, sagt Papu schließlich und schreitet Richtung Geröllweg voran.

Luchsohr reiht sich wieder hinter Pfotenherz ein. Mit der einen Hand umklammert er fest seinen Speer, mit der anderen den Kettenanhänger von Sternauge. In seinem Bauch zwickt es fürchterlich. Was erwartet sie hinter dem Felsen? Werden sie die Jäger finden? Ist Sternauge verletzt oder etwa …? Weiter will Luchsohr nicht denken.

Wie wilde Bestien

Schweigend gehen sie hintereinander den Weg entlang. Sogar das Murmeln von Paponk Rotnase ist verstummt. Es ist beklemmend ruhig. Luchsohr achtet auf die Blutspuren. Nach und nach werden sie schwächer. Wahrscheinlich haben die Jäger Moos oder Kräuter auf die Wunden gelegt und sie gestillt.

Pfotenherz, der vor Luchsohr geht, sieht unentwegt links und rechts in die Felslandschaft. Immer wieder dreht er sich um und blickt zurück. Seine dunklen Augen schimmern traurig im Abendlicht. »Wo Wolfu jetzt wohl ist?«, fragt er.

Luchsohr ist froh, dass Pfotenherz das unheimliche Schweigen bricht. Er zuckt mit den Schultern. »Wahrscheinlich hat er irgendetwas Interessantes gerochen. Vielleicht hatte er Hunger, genau wie wir.«

Pfotenherz nickt. »Ich habe ihm nicht genug zu fressen gegeben. Aber ich hatte ja nicht mehr.«

»Der sucht sich sein Fressen schon selber«, brummt Paponk Rotnase von hinten. »Glaub mir, dem kleinen Wolf geht es jetzt prächtig. Sicher hat er sich den Bauch vollgeschlagen und macht gerade ein Nickerchen.« Paponk Rotnase gähnt. »Das würde ich übrigens auch gerne machen.«

»Aber er kann mich doch nicht einfach vergessen«, sagt Pfotenherz leise. »Wir waren doch Freunde.«

»Bestimmt träumt er beim Nickerchen von seinem Menschenfreund«, wirft Tigerzahn von vorne ein.

Pfotenherz seufzt.

»Wenn er zu dir zurückwill, findet er dich mit seiner Spürnase«, sagt Luchsohr. »Vielleicht folgt er unseren Spuren sogar schon.«

Pfotenherz dreht sich wieder um. Doch hinter ihnen ist weit und breit kein Jungwolf zu sehen.

»Tiere lassen sich nicht zähmen«, meint Tigerzahn. »Man kann mit ihnen nicht zusammenleben, als würden sie zur Horde gehören. Wie bist du überhaupt auf so eine bärenblöde Idee gekommen?«

»Klar geht das. Du wirst schon sehen«, erwidert Pfotenherz trotzig.

»Und wozu soll das gut sein? Damit sie uns unser Essen wegfressen?«, schnaubt Tigerzahn.

»Nein. Tiere können uns helfen. Und sie können unsere Freunde sein. Bessere Freunde als manche Menschen«, sagt Pfotenherz und streckt Tigerzahn heimlich die Zunge raus.

»Da lachen ja die Hyänen! Tiere sind zum Jagen und Essen da, sonst nichts.« Tigerzahn lacht.

»RUHE!«, poltert Papu auf einmal von vorne, bleibt stehen und dreht sich um. »Ihr zwei seid ja schlimmer als aufgebrachte Schneegänse. Wenn ihr unbedingt streiten müsst, dann macht das, wenn wir unsere Jäger gefunden und etwas im Bauch haben.« Etwas leiser fährt er fort: »Wir wissen bis jetzt nicht, was unseren Jägern zugestoßen ist. Die Bestien, die der Schamane gesehen hat, können noch ganz in der Nähe sein. Und wenn ihr hier herumplärrt, hören sie uns, bevor wir sie hören. Das kann böse für uns enden. Also, von jetzt an …« Papu sieht alle der Reihe nach streng an und legt den Zeigefinger auf den Mund. Dann dreht er sich um und geht weiter.

Luchsohr schluckt. Papu hat recht. Hinter jedem Felsen könnten die Bestien auf sie lauern. Die hätte Luchsohr am liebsten ganz vergessen.

Der Trupp hangelt sich stumm auf dem schmalen Pfad am Felsen entlang. Ab und zu hört man das Klacken der Steine unter ihren Füßen, sonst ist es totenstill. Die Sonne ist schon fast untergegangen und die langen Schatten der fünf Hordenmitglieder kriechen wie Schlangen über die Steine. Luchsohr äugt argwöhnisch nach links und rechts und spitzt die Ohren. Sind die Bestien ihnen auf den Fersen?

Keiner wagt es mehr zu reden. Die Dämmerung lässt jeden Stein wie ein unheimliches Tier aussehen. Hat sich da eben nicht etwas bewegt? Luchsohr lauscht, doch er hört nur seinen eigenen Atem und seine gleichmäßigen Schritte und die der anderen.

Plötzlich läuft ihm ein eiskalter Schauer über den Rücken. Er hat ein Geräusch gehört! Oder war das nur wieder sein eigener Atem? Er bleibt stehen und lauscht erneut. Nein, da war es wieder, ganz sicher!

»Was ist los?«, fragt Paponk Rotnase, der hinter Luchsohr stehen geblieben ist.

»Ich … ich höre etwas. Geräusche. Sie ähneln seltsamen Stimmen«, flüstert Luchsohr.

Jetzt bleiben auch die anderen stehen.

Tigerzahn schiebt seine Mütze vom Ohr und lauscht. »Also, ich höre nichts. Vielleicht sind die seltsamen Stimmen nur in deinem Kopf.«

»Ich höre auch nichts«, sagt Papu. »Aber meine Ohren sind auch nicht mehr die besten. Luchsohr, komm zu mir an die Spitze und führe uns!«

Tigerzahn verzieht den Mund, als Luchsohr an ihm vorbei nach vorne zu Papu geht.

Sie gehen lautlos und vorsichtig weiter. Jeder hält

seine Waffe angriffsbereit. Ihre Blicke sind wachsam, die Körper angespannt. Luchsohr hört die Stimmen immer deutlicher. Papu nickt – jetzt kann auch er sie hören. Wie Bestien, findet Luchsohr, hören sie sich nicht an. Plötzlich bleibt Papu stehen und deutet auf eine Hochebene, die in einiger Entfernung vor ihnen liegt.

Luchsohr sieht, dass dort ein Licht flackert und sich etwas bewegt.

»Seht ihr? Eine fremde Horde!«, flüstert Papu.

Luchsohr kneift die Augen leicht zusammen. Tatsächlich. Im schwachen Abendlicht kann er jetzt auf der Hochebene Menschen erkennen. In ihrer Mitte glüht ein kleines Feuer. Neben dem Feuer hocken ein paar Menschen über ein großes, lebloses Tier gebeugt. Vermutlich bereiten sie es zum Essen vor. Im Hintergrund stehen vier runde Fellhütten.

»Was machen wir jetzt?«, flüstert Pfotenherz.

»Wir können nicht einfach zu der fremden Horde gehen«, meint Tigerzahn. »Sie können uns angreifen und töten. Sie sind in der Überzahl.«

»Aber ich habe Hunger«, sagt Pfotenherz und wirft einen sehnsüchtigen Blick auf den Tierkadaver vor dem Feuer.

Papu zupft sich am Bart. »Hm. So, so. Na ja. Schon

möglich, dass die fremden Menschen uns angreifen. Aber sie können uns auch aufnehmen und zu essen geben. Was meinst du, Rotnase?«

»Ich meine, dieser Braten da sieht ziemlich lecker aus. Der ist doch viel zu groß für die Horde allein.«

»Und was sagst du, Luchsohr?«, fragt Papu.

Luchsohr stülpt die Lippen nach außen. »Ich glaube, dass eine Horde, die so viel zu essen hat, bestimmt friedlich ist.«

Papu nickt. »Also gut, versuchen wir es!«

Vorsichtig klettert der Trupp über ein Geröllfeld auf die Hochebene zu. Die andere Horde hat sie jetzt entdeckt. Sie rennen aufgeregt hin und her und deuten mit Lanzen auf die Eindringlinge. Luchsohr spürt wieder ein Zwicken im Bauch. Wenn die fremde Horde sie jetzt angreift, haben sie keine Chance zum Rückzug. Und vielleicht ist eine satte Horde nicht nur friedlich, sondern auch übermütig.

Doch als sie näher kommen, erkennt Luchsohr, dass die Menschen mit den Lanzen winken. Es sieht fast aus, als würden sie sich freuen.

»Komisch. Ein paar kommen mir bekannt vor«, meint Rotnase und zieht die Augenbrauen zusammen.

»Da sind unsere Jäger!«, ruft Tigerzahn.

In dem Moment erkennt Luchsohr seine Schwester unter den fremden Menschen. Sie lebt! Obwohl seine Beine von der langen Wanderung ganz schwach sind, rennt er so schnell es geht auf Sternauge zu.

»Luchsohr!«, ruft seine Schwester, als er ihr in die Arme fällt. »Ihr habt uns gesucht!«

Luchsohr nickt und gibt seiner Schwester ihren Kettenanhänger. »Das hast du verloren.«

Sternauge streicht Luchsohr über den Kopf und bindet sich die Kette um den Hals. Papu, Tigerzahn, Pfotenherz und Paponk Rotnase werden von den anderen Jägern freudig begrüßt. Die fremde Horde mustert die Neuankömmlinge neugierig.

»Erzählt!«, sagt Papu. »Was ist passiert? Wie seid ihr hierhergekommen? Geht es allen gut?«

»Wir waren schon den zweiten Tag unterwegs«, beginnt Sternauge, »aber von der Wisentherde war weit und breit nichts zu sehen. Unser Hunger wurde immer schlimmer. Dann sahen wir endlich einen Hirsch! Wir trieben den Hirsch in die Felslandschaft und erlegten ihn. Aber der Blutgeruch lockte Wölfe an. Ein gewaltiges Rudel ausgewachsener, kräftiger Wölfe. So viele Wölfe habe ich noch nie auf einmal gesehen.« Sternauge schüttelt es bei der Erinnerung. »Sie umzingelten uns, fletschten die Zähne. Es war

klar: Sie wollten unsere Beute. Und uns am liebsten gleich noch dazu. Und kein Baum weit und breit, auf den wir hätten flüchten können. Also kämpften wir. Aber die Wölfe waren grausam und gierig. Und es waren zu viele.«

»Zu dritt sind sie über mich hergefallen!«, wirft einer der Jäger ein und zeigt seinen verwundeten Arm.

Sternauge nickt. »Sie schnappten und bissen nach uns wie wilde Bestien. Es war furchtbar! Überall Blut und diese gierigen, goldenen Augen. Wir dachten: Das ist unser Ende. Wir sehen euch nie wieder. Die Wölfe reißen uns in Stücke und wir sterben erbärmlich hier zwischen den Felsen. So wäre es bestimmt auch gekommen. Doch da kamen uns Löwenarm und seine Horde zu Hilfe.« Sternauge dreht sich um und deutet auf einen großen, kräftigen Mann. Um seine Schulter hängt ein Löwenfell mit Tatzen. In seinen langen, hellbraunen Haaren steckt ein Knochen. Er nickt Papu und den anderen zu.

»Gemeinsam gelang uns die Flucht vor den Wölfen«, fährt Sternauge fort. »Danach wollten wir so schnell wie möglich zu euch zurück, aber einige Jäger waren zu stark verwundet. Und außerdem wären wir mit leeren Händen ohne Beute zurückgekehrt.«

»Hauptsache, ihr seid alle am Leben«, sagt Papu.

»Das stimmt«, wirft Paponk Rotnase ein und holt tief Luft. »Aber ein bisschen Beute wäre auch nicht schlecht«, murmelt er und schielt zu dem leblosen Rentier am Feuer.

Sternauge sieht ihn groß an. »Klar!«, ruft sie. »Ihr habt sicher Riesenhunger. Kommt, Löwenarm ist sehr großzügig. Es ist für alle genug da.«

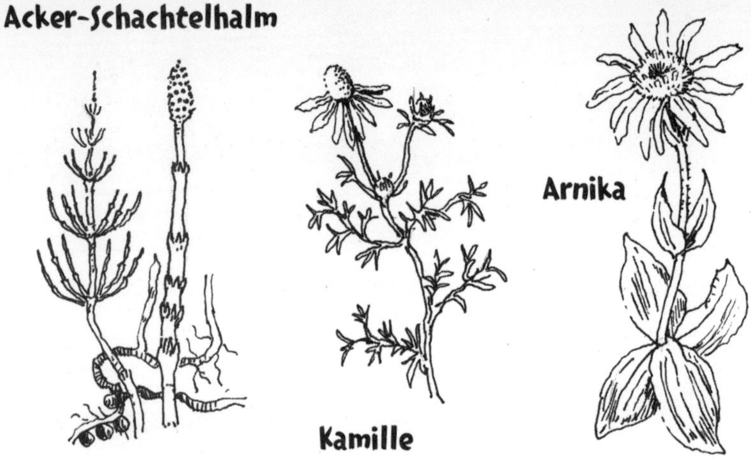

Medizin in der Steinzeit

Wenn Steinzeitmenschen krank wurden, wussten sie sich mit Kräutern und Heilpflanzen wie Kamille, Acker-Schachtelhalm, Arnika oder Birke weiterzuhelfen. Fleischwunden und Knochenbrüche konnten allerdings lebensgefährliche Verletzungen sein. Um zu verhindern, dass die Wunden sich entzündeten oder schief zusammenwuchsen, legten die Menschen Wickel oder Verbände aus Heilpflanzen an.

Gegen Parasiten wie Flöhe und Läuse konnten sich die Steinzeitmenschen kaum schützen. Durch das Leben auf engem Raum vermehrte das Ungeziefer sich ungehindert und wurde zu einer echten Plage. Andererseits blieb den Menschen ein großes Übel erspart: Dadurch, dass sie überwiegend Fleisch und Gemüse aßen und es außer süßen Beeren und Wildhonig keine Süßigkeiten gab, bekamen sie nur ganz selten Karies. Dennoch waren die Zähne in der damaligen Zeit stark beansprucht, da sie als »dritte Hand« benutzt wurden. Um die dadurch entstehenden Schmerzen zu lindern, kauten die Steinzeitmenschen z. B. auf Weidenrinde.

Große Geständnisse

Alle haben sich ums Feuer versammelt. Über dem Feuer steckt auf einem dicken Ast der Rentierleib. Eine Frau mit einem mächtigen Kopfschmuck aus Knochen schneidet mit einer Steinklinge dicke Fleischstücke ab und reicht sie in die Runde.

»Köstlich!«, ruft Paponk Rotnase und kaut. Seine Lippen glänzen vor Fett.

Die Frau mit dem Knochenkopfschmuck lächelt ihm zu. »Gut, nicht, jawohl?«

»Nicht. Jawohl?« Paponk Rotnase stutzt.

»Löwenarms Horde spricht ein bisschen anders als wir«, erklärt Sternauge. »Aber wir verstehen uns trotzdem.« Sternauge lächelt Löwenarm zu.

Rotnase nickt. »Na klar, früher, als es noch warm war und es die süßesten Früchte gab, haben wir uns sogar ganz ohne Worte verstanden.«

»Jetzt fang nicht wieder mit den alten Geschichten an!«, ruft ein Jäger, und die anderen lachen.

»Ja, erzählen wir uns lieber Jagdgeschichten, die sind spannender«, meint ein anderer Jäger.

Löwenarm nickt. »Guter Vorschlag. Nicht, jawohl!« Er sitzt neben Papu. Die beiden Hordenführer scheinen sich gut zu verstehen. Seit sie einander begrüßt haben, unterhalten sie sich ununterbrochen. Sie vergleichen ihre Waffen und Löwenarm zeigt Papu, wie er mit einem Knochen seine Haare zu einem Turm festbinden kann.

Sternauge sitzt auf der anderen Seite neben Löwenarm und zwinkert ihrem Bruder zu. Luchsohr ist so froh, dass seiner Schwester nichts passiert ist. Auch wenn Löwenarm ihr Retter war und nicht Luchsohr, wie es der Schamane vorhergesehen hat. Der Schamane hat sich bei der Botschaft der Götter bestimmt geirrt. Luchsohr, der Retter der Horde. Pah!

Luchsohr lauscht den Geschichten der Jäger, die von großen Jagdabenteuern handeln. Die Stimmen werden immer lauter und die Geschichten immer wilder. Einer der Jäger hat es angeblich eigenhändig mit einem Wollnashorn aufgenommen. Zwei andere Jäger haben nur mit Lanzen bewaffnet einen Bären aus seiner Höhle vertrieben. Sternauge erzählt, wie sie gleich bei ihrer ersten Jagd einen fetten Moschusochsen tödlich mit dem Speer getroffen hat. Und Tigerzahn schildert ausgiebig, wie er auf ihrem Marsch den Säbelzahntiger vertrieben hat. Es klingt, als wäre Tigerzahn ganz allein mit dem Tiger gewesen.

»Was ist mit dir?«, fragt ein Jäger der fremden Horde, der besonders dichte, buschige Augenbrauen hat, und deutet mit einem abgenagten Rentierknochen auf Luchsohr.

»Ich … ich … ich …« Luchsohrs Nase beginnt zu glühen und zu jucken.

»Bist du nicht jawohl ein Jäger?«, fragt ein Jäger mit Schnauzbart.

»Doch, ich …«, versucht es Luchsohr abermals, aber er weiß nicht, was er den Jägern erzählen soll. Ich bin schon ein Jäger, nur dummerweise treffe ich nie?

»Ach was!«, mischt sich da Tigerzahn ein. »Er träumt davon, ein Mammut zu erlegen. Dabei trifft er noch nicht mal einen Baum, wenn er zwei Schritte vor ihm steht und jemand den Baum für ihn festhält.«

Ein paar Jäger lachen. Luchsohr sieht zu Boden und presst vor Wut die Lippen aufeinander. Wenn er doch nur irgendetwas erwidern könnte! Aber das Schlimmste von allem ist ja: Es stimmt leider, was Tigerzahn sagt.

Trotzdem wird er hier nicht im Kreis sitzen blei-

ben und sich von den anderen auslachen lassen. Mit einem Ruck steht Luchsohr auf, dreht sich um und schleicht sich in die Dunkelheit davon. Hinter den Hütten, wo das Licht des Feuers nur noch ganz schwach leuchtet, setzt er sich auf einen Stein. Sollen sie doch über ihn lachen, hier kann er es wenigstens nicht mehr hören.

Luchsohr reibt sich die Augen und stützt den Kopf in die Hände. »Aus mir wird nie ein richtiger

Jäger. Und Papu wird schrecklich enttäuscht sein«, flüstert er vor sich hin.

»Warum soll ich enttäuscht sein?«, kommt auf einmal eine tiefe Stimme aus dem Halbdunkel. Vor Luchsohr steht Papu. Er setzt sich neben seinen Sohn auf den Stein. »Hast du etwa Angst vor der Prüfung?« Papu sieht Luchsohr eindringlich an.

Luchsohr runzelt die Stirn. »Nein … doch … schon … nicht nur.«

»Sondern?« Papus Stimme klingt fest und streng.

Luchsohr beißt sich auf die Lippen. Er weiß nicht, ob er Papu alles erzählen will. Schließlich ist Papu ein mächtiger und geschickter Jäger. Er hat bestimmt noch nie danebengeschossen. Oder nur ganz selten. Und nur ganz knapp. Ob er Luchsohr überhaupt versteht?

Luchsohr schielt zu seinem Papu. Im schwachen Licht des fernen Feuers schimmern seine Augen dunkel und warm. Wenn er es jemandem sagen kann, dann Papu. Und wenn, dann jetzt.

Luchsohr holt einmal tief Luft und sagt schnell: »Ich habe nicht nur vor der Prüfung Angst, sondern davor, nie ein richtiger Jäger zu werden.« So. Jetzt ist es raus.

Papu stutzt, dann lacht er kurz laut auf. »Wie

kommst du denn darauf? Natürlich wirst du ein richtiger Jäger. Dein Vater ist ein großer Jäger, dein Großvater war ein großer Jäger und dein Urgroßvater auch. Du wirst ein richtiger Jäger, glaub mir, Luchsohr.«

»Ja, aber … aber ich habe noch nie ein Tier erlegt«, erwidert Luchsohr. »Und weißt du noch, damals, bei der Großjagd?«

Papu zieht die dichten Augenbrauen zusammen. »Du meinst, als wir das Mammut einkreisen wollten?«

Luchsohr nickt. »Ich stand hinter Pfotenherz' Papa und das Mammut war nur ein paar Schritte von uns entfernt. Ich hätte es treffen müssen, dann wäre Pfotenherz' Papa noch am Leben. Aber ich habe danebengeschossen. Wie immer.« Bei der Erinnerung zieht sich Luchsohr der Magen zusammen und er wird ganz blass.

Papu schüttelt den Kopf. »Kein Jäger, egal wie gut, hätte Pfotenherz' Papa damals retten können. Er war sehr mutig, aber er hat sich zu nah an das Mammut herangewagt. Wenn du das Mammut getroffen hättest, wäre es vielleicht noch wütender geworden und auf dich losgegangen.« Papu legt den Arm um Luchsohr. »Du kannst nichts dafür. Mach dir keine

Sorgen, aus dir wird ein guter Jäger. Auch wenn du das Mammut damals nicht getroffen hast – jeder Jäger trifft mal daneben.«

»Ja, aber nicht andauernd«, sagt Luchsohr leise.

»Na, jetzt übertreibst du aber.«

Luchsohr schüttelt den Kopf. »Da ist noch etwas, was ich bis jetzt niemandem erzählt habe.«

Papu beugt sich nach vorne und mustert Luchsohr. »Ein richtiges Geheimnis?«

Luchsohr nickt. »Ich glaube, ich weiß, warum ich nie treffe.« Luchsohr hält kurz inne, seufzt und erzählt weiter: »Es ist ein bisschen unheimlich, aber ganz einfach: Wenn ich in die Ferne gucke, verschwimmt alles vor meinen Augen. Dann sehe ich nur noch grobe Umrisse und Punkte. Als würden die bösen Geister der getöteten Tiere einen Nebelschleier vor meine Augen ziehen. Und der Schleier geht einfach nicht weg, egal, wie sehr ich mir die Augen reibe oder blinzele. Nur in der Nähe wird wieder alles klar.«

Papu wiegt langsam den Kopf hin und her. »Hm, wenn man die Beute nicht sieht, kann man sie natürlich auch schlecht treffen.«

»Genau. Und deswegen werde ich nie ein richtiger Jäger werden. Verstehst du jetzt?«

»Nein«, sagt Papu bestimmt. »Trotzdem kannst du ein großer Jäger werden.«

Luchsohr sieht seinen Papu zweifelnd an.

»Als dein Großvater starb, warst du noch sehr klein. Aber du kennst ja die Geschichten über ihn: Er war einer der größten und geschicktesten Jäger, den die Horde jemals hatte. Unter ihm musste die Horde nur selten Hunger leiden, denn ständig hatte er neue Ideen, wie sie Beute erlegen konnten.«

»Ja, ich weiß. Aber was hat das mit meinen Augen zu tun?«

»Dein Großvater«, sagt Papu und stupst Luchsohr mit dem Zeigefinger an die Brust, »hat mir von genau demselben Schleier erzählt, von dem du mir eben erzählt hast. Er meinte allerdings, den Schleier hätten ihm die Götter geschickt, um ihn nicht in die Ferne schweifen zu lassen und damit er lieber seinem Gehör und Gespür als seinen Augen traue.«

Luchsohr sieht seinen Papu einen Moment sprachlos an. »Ich verlasse mich auch lieber auf mein Gehör und mein Gespür«, sagt er dann.

»Siehst du. Und damit kannst du auch ein großer Jäger werden. Denn ein Jäger muss nicht unbedingt gute Augen, sondern auch gute Ideen haben.«

Luchsohr fährt sich über das Kinn. »Na, wenn das

so ist.« Gute Ideen hat er jede Menge. Wenn sein Opa trotz der schlechten Augen so ein großer Jäger war, dann schafft Luchsohr auch die Prüfung.

Auf einmal fällt ihm wieder etwas ein. Das Mammut! »Eine gute Idee habe ich sogar jetzt schon. Als ich Pfotenherz und Wolfu hinterhergerannt bin, habe ich drei Mammuts beobachtet.« Luchsohr erzählt, wie eins der Mammuts in die Schneedecke einbrach.

Papu nickt. »Ja, das Mammut war zu schwer und

konnte sich selbst nicht mehr befreien. Aber was ist daran so besonders?«

»Ich habe eine Idee für unsere nächste Jagd. Wir kreisen ein Mammut ein und treiben es, bis es versinkt und feststeckt. Dann können wir es aus nächster Nähe töten, ohne selbst in Gefahr zu sein.«

»Aber ein Mammut bis zum Eis zu treiben, ist viel zu kräftezehrend und gefährlich«, meint Papu.

»Wir müssen es ja auch nicht bis zu den weißen Bergen treiben.«

Papu runzelt die Stirn. »Wohin dann?«

»Wir bauen eine Falle. Eine riesengroße Grube. Dann decken wir sie ab und treiben das Mammut darauf zu. Die einzige Schwierigkeit ist, dass man dazu sehr viele Jäger braucht, sonst bricht das Mammut bei der Treibjagd aus.«

Papu kratzt sich am Bart, dann an der Nase. Er wiegt den Kopf. »Hm. Na ja. So, so.« Schließlich nickt er. »Das könnte klappen.« Er sieht Luchsohr an und lächelt. »Du hast wirklich gute Ideen. Ich werde Löwenarm davon erzählen und um Hilfe bitten, damit wir genug Jäger sind.« Als er geht, ruft er Luchsohr zu: »Von wegen, du wirst kein richtiger Jäger!«

Luchsohrs Plan

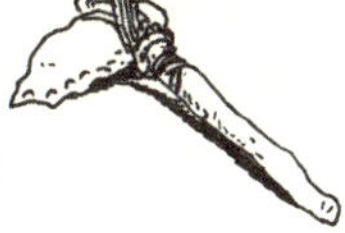

Am nächsten Morgen stehen sie mit den ersten Sonnenstrahlen auf. Papu hat Löwenarm noch am Abend von Luchsohrs Plan erzählt. Löwenarm fand die Idee richtig gut und hat sofort eingewilligt, Papu und die anderen mit ein paar seiner besten Jäger zurück ins Silberwurztal zu begleiten.

Löwenarms Männer verabschieden sich von ihren Frauen und Kindern. Sie werden bald zurück sein. Vielleicht mit einem leckeren Mammutbein. Dann brechen sie auf. Die Gruppe von etwa fünfzehn Leuten entfernt sich über das Geröllfeld von den Hütten. Die Frauen und Kinder winken, dann setzen sie sich wieder ans Feuer und nähen, bessern Werkzeuge aus und erzählen sich Geschichten.

Papu und Löwenarm gehen den anderen Jägern voran. »Meine Horde hat seit Tagen kein fettes Fleisch mehr zu essen bekommen«, sagt Papu. »Sie müssen sich von Wurzeln und Kleintier ernähren. Ich kann nicht ohne Beute zurückkommen, sonst verhungern sie.«

Löwenarm nickt. »Nicht sorgen, jawohl, mein Freund.« Löwenarm erzählt Papu von einem Tal ganz in der Nähe des Felsenlandes, in dem man auf jeden Fall immer ein paar Schneegänse und vielleicht sogar einige Pfeifhasen erlegen kann. Das Tal ist nur ein kleiner Umweg auf dem Weg zur Höhle. Dort wollen sie jagen gehen.

Doch erst müssen sie sich durch das Felsenland kämpfen. Bald wird der Geröllpfad wieder so eng, dass sie hintereinander gehen müssen. Luchsohr läuft zwischen Pfotenherz und einem Jäger der fremden Horde. Je näher die Gruppe den Felsen kommt, wo die Wölfe über die Jäger hergefallen sind, desto stiller werden alle. Die Jäger werfen nervöse Blicke in die Felslandschaft und halten ihre Lanzen, Messer und Speere fest umschlungen.

Als sie an dem Blutstein ankommen, läuft Luchsohr ein Schauer über den Rücken. Er stellt sich Hunderte von Wölfen mit gierig funkelnden Augen und gefletschten Zähnen vor. Der Schamane hatte recht: Ihre Jäger waren von Bestien umzingelt. Aber die Vision von Luchsohr als Retter – das kann nicht stimmen. Was hätte Luchsohr gemacht, wenn er von hungrigen Wölfen umgeben gewesen wäre? Da hätte selbst die beste Idee nichts genützt.

Auf einmal hört Luchsohr von den Felsen ein Geräusch und im nächsten Moment ruft der Jäger hinter ihm: »WOLF!« Er hat den Speer erhoben und schleudert ihn blitzschnell in die Felslandschaft.

Alle bleiben stehen und sehen dem Speer nach. Der Speer prallt an einem Stein ab. Die anderen Jäger halten ihre Lanzen und Speere angriffsbereit. Sobald sich etwas bewegt, werden sie die Waffen werfen. Jeder Muskel ist angespannt, die Augen hellwach.

Plötzlich tauchen hinter einem Stein ganz in der Nähe zwei Ohren und eine dunkle Schnauze auf. Sofort fliegt der erste Speer.

»NEIN!«, ruft Pfotenherz auf einmal aus Leibeskräften. »Hört auf!« Er rennt auf den Stein zu. Zwei traurige, dunkelgoldene Augen tauchen dahinter auf. Sie blinzeln Pfotenherz zu. »Wolfu!«, ruft er und ist mit zwei großen Schritten bei seinem Freund.

Die anderen Jäger sehen, wie Pfotenherz sich hinkniet und den Jungwolf umarmt. Einigen bleibt der Mund offen stehen. Pfotenherz drückt seine Nase in das Wolfsfell und lächelt. Wolfu leckt über Pfotenherz' Hand. Dabei wedelt er wie verrückt mit dem Schwanz.

Langsam lassen die Jäger die Waffen sinken. »Er

hat nicht jawohl einen Wolf als Freund?«, fragt der fremde Jäger hinter Luchsohr fassungslos.

»Luchsohr! Siehst du? Wolfu ist wieder da!«, ruft Pfotenherz und kommt mit Wolfu an der Seite zurück auf den Pfad.

Luchsohr nickt. »Er hat auf dich gewartet.«

»Der muss ja ganz verliebt in dich sein, wenn er lieber bei dir als bei den anderen Wölfen ist«, spottet Paponk Rotnase.

Pfotenherz sagt stolz: »Ich bin jetzt seine Familie.«

Der fremde Jäger hinter Luchsohr schüttelt den Kopf. »Verrückte Horde, nicht jawohl!«, murmelt er.

»Von mir aus kann's weitergehen«, ruft Pfotenherz Papu und Löwenarm zu. »Ich habe jetzt alles.«

Die Gruppe zieht weiter, bis das Felsenland zu einem ausgetrockneten Flussbett hin steil abfällt. Statt weiter in Richtung der weißen Berge zu marschieren, biegen sie ab in ein grünes Tal. Durch dessen Mitte schlängelt sich ein kleiner Bach. Wie Löwenarm vorausgesagt hat, fliegen ein paar Schneegänse über das Tal hinweg. Soweit Luchsohr sie erkennen kann, sind es über zehn Stück. Die Jäger warten, bis sich die Gänse niederlassen, dann pirschen sie sich heran. Die Speere sausen durch die Luft und nur zwei Schneegänse entkommen.

Tigerzahn hat sich unter die Jäger gemischt und ist stolz auf die Schneegans, die er erlegt hat. Luchsohr ist lieber bei Pfotenherz und Wolfu geblieben.

»Na, drückst du dich? Willst du den anderen Jägern nicht zeigen, was für ein toller Schütze du bist?«, fragt Tigerzahn, der den schlaffen Schneeganskörper über der Schulter trägt.

Luchsohr grinst. »Schneegänse sind Kleinkram. Du weißt doch, ich will das größte Tier von allen erlegen.«

»Na klar doch! Warum versuchst du nicht gleich, wie eine Schneegans zu fliegen? Das ist einfacher.« Tigerzahn lacht und geht zu den anderen Jägern.

Luchsohr beißt sich auf die Lippe. Jetzt, wo er einen Plan hat, hat er große Klappe. Aber wird der Plan auch funktionieren? Vielleicht hat Tigerzahn recht: Dass ein kleiner Mensch ein so großes Tier wie ein Mammut erlegt, ist fast so unwahrscheinlich wie ein Mensch, der fliegt. Den ganzen restlichen Heimweg denkt Luchsohr über seine Idee nach. Hat er auch an alles gedacht?

Die Sonne ist schon über die Mitte des Himmels gewandert, als die Gruppe im Silberwurztal ankommt. Die Wiedersehensfreude ist groß. Mamu umarmt Luchsohr und Pfotenherz und die beiden schnappen unter ihren kräftigen Armen nach Luft. Klecksfinger klammert sich an Luchsohrs Bein.

»Endlich! Endlich seid ihr zurück!«, ruft Mamu, nimmt Sternauges Gesicht in beide Hände und küsst sie auf die Stirn. Erst da entdeckt sie Löwenarm und die fremden Jäger. Sie stemmt die Hände in die Hüften und mustert sie von oben bis unten. »Und wen habt ihr da mitgebracht?«, fragt sie und zieht die Augenbrauen hoch.

»Das sind Löwenarm und seine Jäger«, erklärt Sternauge. »Sie haben uns das Leben gerettet.«

»Na, sagt das doch gleich!«, meint Mamu und lächelt Löwenarm und seinen Jägern zu.

»Und sie helfen uns dabei, Luchsohrs Plan umzusetzen«, fügt Papu hinzu.

»Was denn für ein Plan?«, fragt Mamu und sieht Luchsohr erstaunt an.

»Lass uns erst diese Gänse hier essen. Wir brauchen alle dringend eine Stärkung. Dann erzähle ich dir alles«, sagt Papu.

Nachdem sie gegessen und sich ein wenig ausgeruht haben, zeigt Papu Löwenarm und seinen Jägern stolz die Höhle. Sie bewundern die gemütlichen Schlafplätze, doch am meisten begeistert sie die Wand, die Klecksfinger bemalt hat.

»Das sieht wunderschön aus«, sagt Löwenarm.

Papu runzelt die Stirn. »Findest du wirklich?«

Löwenarm nickt. »Das ist nicht jawohl auch eine Kunst, wie das Jagen.«

Papu streicht Klecksfinger über den Kopf, der sich an sein Bein geklammert hat.

Luchsohr zwinkert seinem kleinen Bruder zu.

Danach versammeln sich alle wieder vor der Höhle. Luchsohr erklärt vor allen Jägern noch mal seinen Plan. Erst ist er furchtbar aufgeregt, vor so vielen Menschen alleine zu reden. Er darf sogar auf dem großen Stein stehen, auf dem sonst nur Papu oder Schamane Feuerblick stehen. Doch je länger er redet, desto leichter fällt es ihm. Er sieht, dass einzelne Jäger nicken und ihn freundlich ansehen. Nur Tigerzahn nicht. Er hat Luchsohr den Rücken zugewandt und tut so, als würde ihn das alles nicht interessieren.

Die Jäger besprechen Luchsohrs Plan. Sie werden noch heute die Fallgrube ausheben. Das wird keine leichte Arbeit sein und mehrere Stunden dauern. Luchsohr führt daraufhin alle zu dem kleinen Bach im Silberwurztal unterhalb der Höhle. Er stößt einen Ast in den Erdboden. »Hier in der Nähe des Bachs ist der Boden weich und nicht gefroren. Außerdem

Höhlenmalereien

Die Menschen in der Steinzeit verzierten die Wände ihrer Höhlen manchmal mit Malereien. Dabei handelte es sich oft um Jagdszenen. Wahrscheinlich feierten die Steinzeitmenschen damit eine erfolgreiche Jagd. Möglicherweise wurden diese Zeichnungen aber auch vor der Jagd angefertigt, um die Götter um Beistand und Erfolg zu bitten. Die Farben hat man aus eisenhaltigen Mineralien hergestellt, die zerrieben und mit Blut gemischt wurden. Diese Mischung war sehr haltbar und in einigen Höhlen in Frankreich, Spanien oder Italien kann man solche Zeichnungen heute noch bewundern.

kommen die Mammuts zum Trinken hierher. Das ist der beste Platz für unsere Fallgrube.«

Die Jäger murmeln zustimmend. Papu und Löwenarm nicken Luchsohr zu. Er hat das Kommando.

»Also los – fangen wir an zu graben!«, ruft Luchsohr und die Jäger heben ihre Holzstücke, Faustkeile, Knochen und Steinplatten in die Höhe und jubeln. Als Luchsohr die Jäger jubeln hört und sieht, wie sie auf sein Kommando hin anfangen zu graben, kribbelt es in seinem Bauch. Aber es ist kein unangenehmes Zwicken, wie er es sonst bei der Jagd immer gespürt hat. Nein, das Kribbeln fühlt sich richtig gut an.

Die Prüfung

»Bist du bereit für deine Prüfung?«, fragt Papu am nächsten Morgen und sieht Luchsohr streng an.

Luchsohr nickt. Sein Mund ist ganz trocken, aber seine Hände sind feucht. Heute ist der wichtigste Tag seines Lebens! Er soll in die Reihen der Jäger aufgenommen werden. Gestern haben sie bis zum Sonnenuntergang die Fallgrube ausgehoben. Luchsohr und den Jägern brannten am Ende die Arme vor Schmerzen, aber die Grube muss tief genug sein für ein ausgewachsenes Mammut. Luchsohr und Pfotenherz haben die Grube mit Weidenruten, Birkenzweigen, Blättern, Moos und Flechten zugedeckt. Jetzt ist sie kaum noch zu erkennen.

»Wo warten wir auf die Mammuts?«, fragt Löwenarm.

Luchsohr ist in der Nacht den ganzen Plan mehrmals im Kopf durchgegangen. Er kniet sich hin, nimmt einen Stock und zeichnet damit die Höhle und die Umgebung in den Boden. »Hier ist die Fallgrube«, sagt er und macht ein Kreuz. »Die Mammuts kommen meistens von der Hochebene und gehen hier entlang zum Bach.« Luchsohr malt Striche und Kreise. Klecksfinger, der neben ihm steht, mustert das Bild skeptisch. »Unsere Jäger werden das Mammut von hinten und von der Höhlenseite aus auf die Falle zutreiben. Deine Jäger«, sagt Luchsohr an Löwenarm gewandt, »müssen aufpassen, dass das Mammut nicht in Richtung Ebene ausbricht. Da sind ein paar Felsen, hinter denen ihr euch verstecken könnt. Dann greift ihr an.«

Löwenarm studiert den Plan und nickt. »Gut, jawohl. So machen wir es!«

Luchsohr atmet tief durch. Jetzt wird es ernst. Die Mammutjagd beginnt. Papu klopft Luchsohr auf die Schulter, Mamu und Sternauge umarmen ihn fest. Pfotenherz, der noch nicht bei der Jagd mitmachen darf, flüstert ihm zu: »Viel Glück!«

Schamane Feuerblick beugt sich über Luchsohr und schwenkt seinen Knochenstab. Eine seltsame klebrige Flüssigkeit tropft auf Luchsohrs Kopf. Der Schamane singt leise etwas in der Sprache der Götter. Dann fährt er Luchsohr von der Stirn über die Nase bis zum Kinn mit dem Zeigefinger übers Gesicht und tritt wieder zurück. Die Götter werden Luchsohr bei der Jagd helfen.

Papu klettert auf einen Stein und schwingt seine Lanze. Auf dem Platz vor der Höhle, wo sich alle versammelt haben, wird es totenstill. »Heute gebe ich mein Kommando aus den Händen. Luchsohr wird diese Jagd leiten. Leistet seinen Anweisungen genauso Folge wie sonst den meinen. Möge die Jagd erfolgreich sein!«

Die Jäger nicken und rufen zustimmende Worte und Papu steigt vom Stein. Nur Tigerzahn beobachtet alles vom Höhleneingang aus mit verschränkten Armen. »Dieser Plan ist der reinste Moschusmist. Das klappt nie im Leben«, schimpft er vor sich hin. »Das Mammut wird alle zermalmen. Und wer ist daran schuld? Luchsohr, der Zitterlemming!« Tigerzahn spuckt auf den Boden und beobachtet Luchsohr mit zusammengekniffenen Augen.

Luchsohr hat zum Glück kein Wort von dem gehört, was Tigerzahn gerade gesagt hat. Er teilt die Jäger in Gruppen ein und erklärt ihnen noch mal genau ihre Positionen und Aufgaben. Dann ist es so weit. Die Jagd beginnt!

Die Jäger legen sich in ihren Verstecken auf die Lauer. Luchsohr lässt das Plateau keine Sekunde aus den Augen. Er kneift die Augen leicht zusammen, damit ihm auch die kleinste Bewegung nicht entgeht. Zum Glück sind Mammuts ja riesengroß, sodass selbst Luchsohr sie ohne Probleme sehen kann. Außerdem hört er es knacken und rascheln, bevor überhaupt ein Mammut zu sehen ist.

»Da, ein Stoßzahn!«, flüstert ein Jäger neben Luchsohr und deutet auf ein Gebüsch am Rand des Plateaus.

Kurz darauf kommen drei Mammuts gemächlich auf die Hochebene. Das letzte ist das größte. Es geht etwas abseits und lässt eine Lücke zwischen den anderen Mammuts entstehen. Es scheint es nicht eilig zu haben, zum Trinken zum Bach zu kommen.

»Ist das ein Brocken!«, flüstert der Jäger neben Luchsohr. »So ein großes Mammut habe ich noch nie gesehen.«

Luchsohr sieht das Mammut mit offenem Mund an. Es ist gewaltig. Seine Stoßzähne sind zweimal so dick wie Luchsohrs Beine und seine Vorderbeine sehen aus wie dicke, behaarte Baumstämme. »Wir nehmen das letzte, größte Mammut«, flüstert Luchsohr zurück. »Wartet, bis ich das Zeichen gebe.«

Luchsohr wartet, bis die Mammuts an ihnen vorbeigezogen sind und sich ein Stück Richtung Bach entfernt haben. Dann gibt er das Zeichen zur Treibjagd. Sofort springen die Jäger aus ihrem Versteck und stürmen mit lautem Gebrüll und erhobenen Speeren auf das größte Mammut zu.

Die beiden kleineren Mammuts sind so erschrocken und verängstigt von dem plötzlichen Gebrüll, dass sie in verschiedene Richtungen davonlaufen. Das größte Mammut stößt einen warnenden Laut aus. Schon schwirren die ersten Speere durch die Luft und bleiben mit einem dumpfen Geräusch im Körper des Mammuts stecken. Als das Tier Schmerzen spürt, schnauft und trampelt es wie wild. Es sieht die zahlreichen Jäger mit erhobenen Waffen auf sich zustürmen, schnaubt wütend und rennt daraufhin in Richtung Höhle.

Luchsohr gibt dem zweiten Jägertrupp das Zeichen zum Angriff. Die Jäger kommen mit wildem Gebrüll aus ihren Verstecken. Das Mammut ist verstört, reckt den Rüssel verzweifelt in die Höhe und ändert schlagartig die Richtung.

Perfekt!, denkt Luchsohr. Das Mammut rennt jetzt direkt auf die Fallgrube zu. Nur noch fünf oder sechs Schritte und es wird in die Grube einbrechen. Ist wirklich alles so einfach? Plötzlich hat Luchsohr einen furchtbaren Gedanken: Was, wenn die Grube nicht groß genug ist für dieses gigantische Mammut? Was, wenn es sich aus der Grube befreien kann und die Jäger angreift? Dann wird es wieder ein schreckliches Unglück geben, genau wie bei der letzten Mammutjagd. Doch Luchsohr kann jetzt nichts mehr tun. Es ist zu spät.

Das Mammut ist nur noch drei Schritte von der Fallgrube entfernt. Auf einmal schnaubt es, schüttelt sich und ändert wieder die Richtung. Hat es die Grube etwa gesehen? Wie Luchsohr es vorausgesagt hat, versucht das Mammut, auf die Ebene auszubrechen.

Auf Luchsohrs Kommando stürmen Löwenarms kräftige Jäger mit furchterregendem Geschrei auf das Mammut los. Das Mammut schlägt mit dem Rüssel und den Stoßzähnen um sich, aber es trifft keinen der Jäger. Dann wirbelt es herum und versucht, sich erneut in Richtung Höhle zurückzuziehen. Doch auch dieser Weg ist jetzt von bewaffneten Jägern versperrt. Sie treiben das Mammut immer weiter auf die Fallgrube zu. Sie werfen mit Steinen auf das Tier, schleudern Lanzen und Speere in seinen zottigen Leib. Das Mammut dreht sich im Kreis, läuft mal ein Stück nach rechts, mal nach links, stößt verzweifelte Laute aus. Schließlich geht es langsam rückwärts auf die Fallgrube zu. Ahnt es, dass es bald in der Falle sitzt?

Auf einmal bäumt es sich auf und geht zwei gewal-

Großwildjagd

Um große Tiere wie Mammuts oder Wisente zu erlegen, reichten die Speere der Steinzeitmenschen oft nicht aus. Sie überlegten sich daher andere Strategien: Aus einer Gruppe von Tieren suchten sie sich eins aus, das etwas abseits der Gruppe stand und daher leichter zu umzingeln war. Sie bildeten einen Ring um das Tier, der nur auf einer Seite eine Fluchtmöglichkeit bot, und scheuchten es dann mit Gebrüll und brennenden Fackeln in die gewünschte Richtung, zum Beispiel auf eine hohe Klippe zu. Meist wurde das Tier dann schon durch den Sturz getötet und die Jagd war für die Jäger daher nicht ganz so gefährlich. Außerdem konnte man so auch mehrere Tiere auf einmal erlegen. Eine andere Methode war, eine ausreichend tiefe und breite Grube auszuheben, auf die man die Beute zutrieb. In die Grube konnten noch spitze Pfähle gestellt werden. Wenn das Tier in der Falle saß, konnten die Menschen nah genug heran, um es mit ihren Speeren zu töten, ohne von ihm angegriffen zu werden.

tige Schritte vorwärts. Es hat eine Lücke zwischen den Jägern entdeckt! Luchsohr starrt mit offenem Mund auf das Mammut. Wenn es jetzt durch diese Lücke entkommt, ist alles verloren.

Plötzlich nimmt Luchsohr eine schnelle Bewegung in der Lücke wahr, dann hört er ein wütendes Bellen. Wolfu! Das Mammut guckt irritiert auf den kleinen Jungwolf. In dem Moment springt Tigerzahn von einem Felsen in die Lücke und schleudert dem Mammut mit ganzer Kraft seinen Speer entgegen.

Das Mammut jault auf und weicht mit großen Schritten zurück. Direkt auf die Fallgrube zu. Die ersten Äste knacken bereits, dann ertönt ein gewaltiger Krach und das Mammut versinkt mit einer Wolke aus Erde, Ästen und Moos in der Grube. Alles geht so schnell, dass Luchsohr erst so richtig begreift, was geschehen ist, als die Jäger um ihn herum laut jubeln.

Das Mammut sitzt in der Falle! Nur sein Kopf mit den gewaltigen Stoßzähnen schaut noch aus der Grube heraus. Jetzt kribbelt es wieder in Luchsohrs Bauch, als würden dort lauter kleine Schneeflocken fallen. Papu nickt Luchsohr zu und deutet ihm an, zum Mammut zu gehen. »Es ist deine Jagd. Und deine Beute«, sagt er.

Mit weichen Beinen steigt Luchsohr zur Fallgrube hinab. Ein paar Schritte entfernt bleibt er stehen. Er hat noch nie ein Mammut aus solcher Nähe gesehen. Auch wenn es in der Fallgrube sitzt, wirkt es noch immer mächtig und gefährlich. Auf seinem monströsen Rücken hätten gut und gerne zwanzig Jäger Platz. Die Nase am Ende des Rüssels ist so groß wie Luchsohrs Kopf.

Auf einmal wirft das Mammut den Kopf ruckartig hin und her. Es versucht, sich aus der Grube zu befreien, und stemmt die Stoßzähne in den Boden. Obwohl Luchsohr die Beine zittern und seine Hände feucht sind, geht er einen Schritt näher auf das Mammut zu und hebt den Speer. Gerade als das Mammut mit seinem Rüssel nach ihm schlagen will, stößt Luchsohr den Speer durch die Luft und trifft das Mammut in den Nacken. Das Mammut windet sich und kämpft verzweifelt, aber eingesperrt wie es ist, hat es keine Chance. Luchsohr ruft die anderen Jäger herbei und gemeinsam versetzen sie dem Mammut die tödlichen Stöße mit Lanzen und Messern.

Als alles vorbei ist, setzen die Jäger Luchsohr auf den Rücken des toten Mammuts und jubeln ihm zu. Luchsohr strahlt. Er hat das größte Tier erlegt. Jetzt ist er ein richtiger Jäger.

Gute Zeiten

Am Abend feiern die beiden Horden ein riesengroßes Fest. Die Kinder suchen jede Menge Brennmaterial für ein Feuer zusammen. Die Männer schneiden das Mammut auf. Jetzt haben sie nicht nur reichlich zu essen, sondern auch jede Menge dickes, warmes Mammutfell für Hütten und Kleidung. Aus den Knochen und dem Elfenbein werden sie Waffen, Werkzeuge und Schmuck herstellen, und aus den Sehnen und Därmen Bänder und Schnüre. Magen und Blase werden sie als Behälter benutzen und das Mammutfett als Brennmaterial für die kleinen Lampen. Das Fleisch, das sie nicht sofort essen, legen sie in kleine Gruben in den gefrorenen Boden. Dort bleibt es lange frisch.

Als die Flammen hoch in den Himmel lodern und sich alle um das Feuer versammelt haben, ist es dann so weit. Papu und Schamane Feuerblick nehmen Luchsohr in die Mitte. Papu hebt einen Stock, dessen Ende verkohlt ist. Dann beginnt er mit kräftiger, tiefer Stimme: »Heute hatten wir eine großartige

Jagd. Die beste seit mehreren Monden. Jetzt muss niemand mehr hungern. Zu verdanken haben wir das alles Luchsohr. Er hat als Erster der Horde ein Mammut erlegt. So etwas gelingt nur einem großen Jäger.« Papu richtet den verkohlten Stab auf Luchsohrs Stirn. »Luchsohr. Hiermit nehmen wir dich in den Kreis der Jäger auf«, sagt er feierlich und malt Luchsohr mit dem Stock einen schwarzen Strich mit einem Dreieck am Ende auf die Stirn, der wie ein Speer aussieht.

Die Frauen, Männer und Kinder am Feuer jubeln,

klatschen und strahlen. Klecksfinger hüpft vor Aufregung auf beiden Beinen und sieht seinen Bruder mit großen Augen an. Pfotenherz pfeift und Wolfu wedelt wie verrückt mit dem Schwanz. Doch dann wendet er sich wieder dem Mammutknochen zu, den Luchsohr ihm geschenkt hat.

Jetzt tritt der Schamane vor Luchsohr und hebt seinen Knochenstab mit den Federn. Er sieht Luchsohr mit glühenden Augen an und sagt: »Du hast uns gerettet vor Hungersnot, Elend und Tod, genau wie es die Götter vorausbestimmt haben.« Der Schamane beugt sich dicht zu Luchsohr und sieht ihm direkt in die Augen. »Mögen die Götter dich immer beschützen«, sagt er und lässt dabei ein Pulver über Luchsohrs Kopf rieseln. Es riecht nach Moos und geheimnisvollen Kräutern.

Der Schamane steht so dicht vor ihm, dass Luchsohr eine Gänsehaut bekommt. Luchsohr hat das Gefühl, die glühenden Augen des Schamanen können sich in ihn einbrennen. Er ist froh, als der Schamane wieder zurücktritt und sich den Menschen am Feuer zuwendet. »Mit unserem neuen Freund Löwenarm und Luchsohr an unserer Seite sehe ich sehr gute Zeiten voraus«, ruft Schamane Feuerblick.

Die Menge jubelt abermals und hier und da ruft jemand »Ein Hoch auf Luchsohr!« oder »Lang lebe der Retter!«. »Hurra, jawohl!«, rufen Löwenarms Männer.

Luchsohr blinzelt und kratzt sich verlegen am Arm. Am liebsten würde er zurück zu den anderen zum Feuer gehen. Der Jubel fühlt sich zwar toll an, aber jetzt ist es auch langsam genug, findet Luchsohr. Er hebt die Hand und es wird ruhig auf dem Platz vor der Höhle. Alle wollen hören, was der Retter Wichtiges zu sagen hat. Luchsohr räuspert sich. »Jetzt feiern und tanzen wir!«, ruft er.

Die anderen lachen, dann klatschen und jubeln sie wieder. Papu fasst Luchsohr am Arm und flüstert ihm zu: »Siehst du, du wirst genau so ein großer Jäger wie dein Opa.«

»Vielleicht erzählen es ihm die Götter mit den goldenen Augen«, meint Luchsohr.

Papu nickt. »Nun geh schon. Du willst bestimmt mit den anderen feiern.«

Luchsohr grinst und verschwindet schnell in der Menge. Auf einmal steht Tigerzahn vor ihm. »Na, du Zitterlemming«, sagt er.

»Immerhin ein Zitterlemming, der ein Mammut erlegt hat«, erwidert Luchsohr.

Tigerzahn zuckt mit den Schultern. »Trotzdem triffst du nie.«

Luchsohr zögert einen Moment. »Das stimmt«, sagt er dann. »Ich treffe nicht so gut wie … wie du zum Beispiel. Aber dafür habe ich ein paar gute Ideen.«

Tigerzahn kratzt sich am Kopf, sodass seine Mütze verrutscht. »Das mit der Fallgrube war wirklich gut. Hätte glatt von mir sein können.«

Luchsohr grinst. »Es war zwar mein Plan, aber wenn du nicht rechtzeitig in die Lücke gesprungen wärest, wäre das Mammut vielleicht doch noch entkommen.«

»Klar, weiß ich doch«, sagt Tigerzahn und zieht eine Augenbraue hoch. Dann mustert er Luchsohr einen Moment. »Wenn du nicht so ein Zitterlemming wärst, wären wir eigentlich ein gutes Gespann.«

»Und wenn du nicht so ein aufgeblasener Moschusochse wärst.«

Eine Weile sagt niemand etwas. Dann meint Luchsohr: »Freunde werden wir wohl nie werden.«

»Nee, nie im Leben«, stimmt Tigerzahn zu.

»Aber wir können zusammen jagen. Das heißt … ich würde mir den Plan ausdenken und du erlegst die Beute.«

Tigerzahn überlegt kurz, dann meint er: »Klingt gut.«

»Ich hab schon ein paar Ideen für neue Fallen und Jagdwaffen.«

»Echt? Erzähl mal!«

Luchsohr schüttelt den Kopf. »Morgen. Jetzt will ich erst mal feiern. Kommst du mit?«

Tigerzahn nickt und sie gehen zu Pfotenherz, Klecksfinger, Sternauge, Löwenarm und den anderen am Feuer.

Mamu stemmt die Hände in die Hüften und ruft: »Los, macht mal ein bisschen Musik!« Daraufhin fangen ein paar Männer zu trommeln an. Eine Frau nimmt eine Knochenflöte und stimmt ein.

Mamu drückt Luchsohr an sich und wirbelt ihn herum. »Na, mein großer Jäger«, sagt sie und zwinkert ihm zu.

Ja, jetzt bin ich ein richtiger Jäger, denkt Luchsohr.

Mamu gibt Luchsohr aus der Umarmung frei und tanzt mit Papu weiter. Endlich kann Luchsohr mit Sternauge tanzen! Die beiden wirbeln ums Feuer, bis die goldenen Augen der Götter verblassen.

dtv junior Tigerauge
Geschichten für schlaue Köpfe
www.dtv-tigerauge.de
• Tauch ab in die Geschichten
• Lern Autoren & Illustratoren kennen
• Hör rein in die Hörbücher
• Mach mit bei tollen Veranstaltungen
• Versende Deine E-Card
• Gestalte Deine Visitenkarte
• ... und noch vieles mehr!
Klick Dich rein!